たい焼き・雑貨

銀座ちぐさ百貨店

長月天音

ハルキ文庫

JN151258

角川春樹事務所

目次

「たい焼きください」

入口から幼い声が響いた。「ください」の「だ」にアクセントがある高い声。

「はいはい」と草履をつっかけて入口に向かったアタシは、思わず「あら」と声を漏らした。

あまりにも可愛《かわい》らしい声だったので、てっきり女の子だと思ったら、立っていたのはまん丸い坊主頭の男の子だった。シャツの白い襟が午後の日差しを浴びて、薄暗い店内に慣れた目に眩《まぶ》しく映る。

男の子は一人だ。てっきり娘の珠子《たまこ》がお友達を連れてきたのかと思ったら違っていた。

「たい焼きください」

さっきと同じイントネーションで繰り返しながら、男の子は店先の木型を指さしている。

小さな指の先にあるのは、閉店した和菓子店から譲り受けた鯛《たい》の形をした木型だ。木製の型でたい焼きなど焼けるはずはない。でも、そこは子ども。男の子を見つめる目元が自然と緩む。

「ごめんなさいね。桜の木で作られたこの型は、練り切りか何かの祝い菓子用だろう。ウチ、たい焼きはないの。これは飾りよ」

男の子が残念そうな顔をする。言葉遣いの綺麗《きれい》な礼儀正しい子だ。

「そうよ。雑貨屋だもの」

眉《まゆ》を下げた子どもの顔は悲しげでもあり、アタシの胸がキュッと痛んだ。

アタシが店にかかりきりで、遊び相手をしてあげられない時、珠子もこんな顔をする。

たい焼き。たい焼きね。

いいかもしれない。

「ぼく、たい焼き、好きなの？」

「はい。お父さんもたい焼きが大好きです」

溌溂《はつらつ》と応《こた》える。本当にいい子。

「じゃあ、たい焼きも、やっちゃおうかな」

「本当ですか」

男の子の目が輝く。

「うん。でも、すぐは無理よ。おばさん、やったことないもの。ぼく、そこの小学校の子でしょ。何年生？」

この店のすぐ先に小学校がある。珠子もそこに通っている。

「にねんせいです」

あら、珠子よりひとつお兄さん。

「じゃあ、卒業まで、まだあるわね。おばさんも勉強するから、待っていて。そうね、一年じゃちょっと無理かしら。二年くらいかかるかもしれないわね。とにかく初めてだもの。だから時々、覗《のぞ》きに来てちょうだい」

「はい！」

元気よく男の子が頷《うなず》いた。ほっぺに少し赤みがさして、とてもかわいい。

男の子は何度も振り返りながら、新橋《しんばし》のほうに駆けていった。銀座《ぎんざ》に子どもは少ないけれど、時折、小学校のほうから風に乗って元気いっぱいの声が聞こえてくるのはいい。気持ちが明るくなる。

たい焼き。さて、どうしたものか。

アタシはぐるりと頭を巡らせる。必要なものを考える。

まずはたい焼き屋に弟子入りでもしてみようか。それから道具と材料。そのあたりは、これまで築いてきた人脈で何とかなりそう。

珠子の、そしてさっきの男の子の笑顔が浮かぶ。

これからは、ますます忙しくなりそうね。

アタシは薄暗い店の奥に戻り、早速算段に取り掛かった。

第一話　和菓子の木型とハンドメイド一点物

銀座《ぎんざ》の外れにちょっと変わった雑貨屋がある。名前を「ちぐさ百貨店」という。
蓼科《たてしな》高原で生まれ育った私にとって、そこは夢のような世界だった。

百貨店、というほど何でも揃《そろ》っているわけではないけれど、生活雑貨からアンティークのティーセット、ヴィンテージ風の置物など、洋の東西を問わず、店主が気の向くままに集めた様々な商品が所狭しと並んでいる。

「百貨店」と名付けたのは現在の店主だ。三越《みつこし》や和光《わこう》、近隣の老舗《しにせ》デパートを意識したに決まっている。彼女にはちょっとそういうところがある。負けず嫌い。よそと張り合いたい。個性を発揮したい。簡単に言うとそういうことだ。

まぁ、老舗というなら、「ちぐさ百貨店」も負けてはいない。

千種《ちぐさ》家は、すっかり高原の生活が身についた母の実家である。

なんと、もともとは江戸の頃《ころ》より日本橋《にほんばし》で小間物屋《こまものや》を営んできたという。櫛《くし》や簪《かんざし》、口紅や白粉《おしろい》など、主に女性の装飾品から生活雑貨までを取りそろえ、地方への行商も行っていたそうだ。その名残か、今も「ちぐさ百貨店」の棚には、アクセサリーやオーガニックの石鹸《せっけん》など、女性が目を輝かせるような品物が多く並んでいる。

日本橋を離れ、華やかな銀座の中心から少しはずれたこの場所に店を移したのは、今の店主の親の代だったようだ。それも戦前の話であるから、やっぱり老舗であることに変わりはない。そして銀座の復興を経験し、今も泰明《たいめい》小学校に近いこの地で商売を続けている。

小間物屋の枠を超えて様々な品物を収集し、今のような「ちぐさ百貨店」を築いたのは現在の店主、私の祖母、千種美寿々《みすず》である。あと数年で九十歳。現役ながらすっかりご長寿さんである。

千種綺羅《きら》。私の名前を付けたのも祖母ではないかと思う。祖母のことだから、世にあまたある様々な物の中から、キラキラと輝く自分だけの宝物を見つけた喜びを名前にしたんだよ、とでも言いそうな気がする。でも私は祖母と違って、いたって地味な人間だ。

祖母は昔から十分に人目を引く存在だった。小柄ながら姿勢がよく、きちんとお化粧をして、何よりも日本人離れした澄んだ茶色の瞳《ひとみ》が美しかった。かつては毎日着物姿に割烹《かっぽう》着《ぎ》。凛《りん》とした佇《たたず》まいは人目を引き、客の中には祖母のファンも多かったらしい。

なぜ割烹着かというと、奥の台所でたい焼きを焼いていたからである。

繰り返すが、「ちぐさ百貨店」はちょっと変わっている。

その理由はたい焼きである。

雑貨店を営む傍ら、たい焼きも販売している。もちろん焼きたてだ。

客は雑貨を眺め、ちょっと休憩、という感じで、たい焼きを注文する。

店内はそう広くはないけれど、迷路のように配置された棚にぎっしりと並んだ品物をすべて見て回ると、それなりに時間がかかる。

ましてやこういう店を訪れる客は、ちゃんと自分の「好き」を持っている人だから、ひとつひとつじっくりと品物を確かめる。たとえそれが小さな箸《はし》置きだろうが、レースのハンカチだろうが、手に取って、重さや質感、感触を確かめるのだ。

だから時間がかかる。でも、みんな自分の「好き」を楽しんでいる。私はそんなお客さんたちのキラキラした表情を眺めるのが、子どもの頃から大好きだった。

ちょっと値の張る品に心を奪われたお客さんは、たい焼きを頼んで深呼吸をする。店内のベンチで焼きたてを齧《かじ》りながら、買うべきか、買わざるべきか思案する。そういうお客さんにとって、たい焼きはモラトリアムだ。

かと思えば、お気に入りの品を手に入れて、幸福感に浸りながら、たい焼きを嚙《か》みしめるお客さんもいる。勝利の味、といったところか。

割烹着姿の祖母は、どんな時もたい焼きを頰張《ほおば》るお客さんを眺めていた。

頭から尻尾《しっぽ》の先まで食べきるまで、とにかくじっと見つめている。

尻尾の先。ここがポイントだ。大きな秘密が隠されている。

「ちぐさ」のたい焼きを食べて笑顔にならないお客さんはいない。その笑顔こそ、祖母にとっては、熱心に収集した雑貨と同じくらい愛すべきものだった。

いつしか祖母のたい焼きは評判となり、たい焼きだけを目当てに訪れるお客さんも増えた。なにせ銀座といえば、かつてはハイカラの象徴、そして「夜」の街である。

「ちぐさ百貨店」のある裏通りにも、夜になると色とりどりの看板が明かりを灯《とも》す。界隈《かいわい》にひしめくバーやクラブのオーナーや客にとって、出勤前のおやつやちょっとした手土産《てみやげ》に「ちぐさ」のたい焼きはもってこいだった。

銀座で働く人、ショッピングに訪れた人、観劇や映画鑑賞に訪れた人、とにかく銀座に来れば「ちぐさ」のたい焼き、というように人づてに人気は広がった。ＳＮＳなどない時代、今よりもずっと人と人との交流は濃密だったのだ。

今では銀座百店会《ぎんざひやくてんかい》にも「たい焼き・雑貨　銀座ちぐさ百貨店」は名を連ねている。

幼い頃から「ちぐさ百貨店」を見て育ち、祖母も雑貨も大好きな私にとって、たった一人で店を切り盛りする祖母は誇りだった。いつかは自分も祖母のように、好きな雑貨に囲まれ、やりたいことを伸び伸びと楽しむ人生を送りたいと思っていた。

それなのに。

十八年前、祖母の一人娘であり、私の母親の珠子《たまこ》が亡くなると、状況は一変した。

それ以降、私は一度も「ちぐさ百貨店」に足を踏み入れることはなかった。

なぜか。

母の死の直後、祖母はまだ深い悲しみにある私と父の元から、母の遺品をすべて奪ったのだ。そして、その行方は分からない。

処分した、と祖母は言う。

しかし、そんなに急ぐ必要がどこにあったのだろう。処分したというのも信じがたい。ショックを受けた私の疑念は膨らんだ。まさか、「ちぐさ百貨店」で売るつもりなのではないか。もちろん、衣類などは処分しただろう。でも、母は祖母の娘だけあって、物にはこだわりがあり、たとえ値が張っても気に入った品を手に入れて大切にする人だった。

古物商の許可を持つ「ちぐさ」は、雑貨を扱うだけではなく、これまでもお客さんから持ち込まれた品物や、銀座界隈の閉店した店の備品を引き取って店に並べてきた。むしろ後者は銀座の商売仲間から重宝され、祖母は頼られてきたのだ。

祖母にとってすべては売り物。すべては商売のため。

そう思うと、ふつふつと体の底から怒りが湧《わ》いてきた。まるで母を失った悲しみがすべて祖母への怒りへと置き換わるようだった。それは、幼い頃からの祖母との思い出をすべて塗り替えても余りある感情となった。突然の母の事故死、祖母の理解しかねる行動。あの時の私は大きな感情の波に何度も襲われ、必死にその落としどころを探して苦しんでいた。それが、祖母を憎むことだったのだ。

そう思うと、子どもの頃から見てきた祖母の毅然とした態度も、店主としての機転も、すべてが商売のことしか考えない冷たい人間のものだったとしか思えなくなっていた。

すべてはお金のため。そこに品物に対する愛着も情も存在しない。祖母は何でも簡単に切り捨てる人なのだ、と。

それ以降、私は祖母と会うことはなかった。


そして十八年後。私は突如として「ちぐさ百貨店」を訪れることとなった。

祖母から父を通して呼び出されたのだ。

でも、それだけなら「ちぐさ」に行く気にはならなかっただろう。祖母に対する怒りや失望はあの頃より落ち着いたものの、長い年月を経たぶん様々な感情が加味されて、いっそう複雑な思いがある。母の死から時間が経《た》ったせいか、もしも手元に遺品でもあれば、思う存分懐かしめたのに、と思うこともある。やはり完全に祖母を許せていないのだ。

けれど、私は「ちぐさ百貨店」に行くことを決意した。

なぜかと言うと、のっぴきならない状況に置かれていたからだ。

私は四十歳にして失業中だった。

独身である。頼るものは自分だけ。失業といっても自己都合での退職である。

大学を卒業して以来、ずっと勤めてきた表参道《おもてさんどう》の雑貨店をとうとう辞めてしまった。

輸入販売を事業とする小さな会社に就職したのは、もちろん祖母の影響である。主に販売員として働き、バイヤーとしての経験も少しはある。しかし転職に役立つほどのスキルはほとんどない。四十歳という年齢もネックだ。それでも働かなくてはならない。老後の不安もある。

気持ちばかり焦っても、退職後の私の体はなかなか動いてくれなかった。

人間関係に疲れ切っていた。退職はそれが理由だ。

働くうちに植え付けられた劣等感に押し潰《つぶ》され、今は何もする気がしない。

子どもの頃から大好きだった雑貨に囲まれて仕事ができる。いつかは自分の仕入れたもので、お客さんの暮らしにちょっとした彩りを与え、幸せな気持ちになってもらいたい。そんな仕事が楽しくないはずはない。

そう思っていたのに、いざ働いてみたら、そこは売れるかどうかの競争社会だった。子どもの頃のまま、純粋な「好き」しか持ち合わせていない私はどんどん打ちのめされていった。

退職後の私は、北千住《きたせんじゅ》のアパートに籠《こも》り、悶々《もんもん》と日々を送っていた。

蓼科で喫茶店を営む父のもとに帰ることも考えたけれど、それはきっと私の未来ではない。いずれ父もいなくなる。そんな時、やっぱり高原よりも東京のほうが生きやすい気がして動けなかった。

父から電話があったのは、銀行預金の残高も不安になりはじめた頃だった。

『綺羅、どうしている』

「うん、まぁ、ぼちぼち」

父は母との夢だった高原の喫茶店で、今もコーヒーを淹《い》れ、自家製のパンやタルトを焼いている。父も一人で寂しいはずなのに、私に「帰ってこい」と言わないのは、夢を叶《かな》えるために故郷を出た私の人生を尊重してくれているからに決まっている。だって、母が亡くなった時はあれだけ取り乱した父なのだ。だから心配はかけたくない。

『美寿々さんから連絡があったよ』

不意に言われ、緊張が走った。たとえ十八年前のことを許せていなくても、同じ東京にいながら高齢の祖母を放《ほう》っておく後ろめたさがあったのは確かだ。

父が祖母と連絡を取っていることは知っていた。母が他界しても、義理の母を気に掛ける義務があると信じている優しい人である。

父は、一人娘だった母のために、自分が「千種」の姓になることを了承した。もちろん「ちぐさ百貨店」のことを考えたからだ。

けれど都会育ちの母は大自然に憧《あこが》れ、父との高原暮らしを選んだ。祖母は最後までいい顔をしなかったという。だから父は今も祖母に頭が上がらない。

「おばあちゃん、もしかして具合でも悪いの？」

恐る恐る訊《たず》ねたが、父はそれには答えず、こう言った。

『久しぶりに店に行ってみないか』

まだ「ちぐさ百貨店」が続いていたと分かり、安心する。つまり祖母は今も健在ということだ。

『美寿々さん、綺羅に来いってさ』

「来い？　私に？」

『行ってみなさいよ。久しぶりに』

父は珍しく強引だった。おそらく、私が今も外に足を踏み出せないことに気づいているのだろう。

「お父さん、おばあちゃんに話したんでしょ。私が会社を辞めたこと」

『どうだろね。時々、元気かい、なんてやりとりするんだよ』

父はとぼけた。おおらかで優しい父と話すたびに、いまだに自分の足場すら固められないことが情けなくなる。そのせいか、父よりもさらに年齢を重ねている祖母から目を逸《そ》らしていたことが後ろめたく思えてしまう。

ここは迷っている場合ではないかもしれない。

それに、あの場所でなら、また外の世界と繋《つな》がれるかもしれない。

会社を辞めておよそ半年。さすがに私の不安も限界だった。

電話を終えた時にはすでに心は決まっていた。

母の写真が置かれた、窓際のチェストの前に立つ。

「お母さん、久しぶりに『ちぐさ』に行ってきます」

写真に報告してから、横に置かれた小箱を開けた。中から小さな石をつまみ出す。

幼い頃、「ちぐさ」を訪れた私に祖母がくれた猫目石《ねこめいし》だ。形はいびつで小さいが、深い琥珀《こはく》色の中、淡い色が縦に一筋入っている。

母は東京に残してきた祖母が気がかりだったのか、しょっちゅう私を連れて「ちぐさ百貨店」を訪れた。私は賑《にぎ》やかな東京が楽しくて、小学校に上がる頃には、一人でリュックを背負って上京し、春、夏、冬の長い休みのほとんどを祖母と過ごしたのだ。

様々な雑貨の並ぶ「ちぐさ百貨店」は、子どもにとってはおもちゃ箱のようで楽しい場所だった。店も、店を訪れて祖母との会話を楽しむ客も、祖母が焼いてくれるたい焼きも、すべてが大好きだった。あの頃から雑貨店に憧れていた。

母が蓼科から迎えに来るたび、私は「帰りたくない」と駄々をこね、駅のホームで泣き叫んだそうだ。

母に手を引かれながら、「おばあちゃあああん」と見送りに来た祖母に手を伸ばし、駅員や乗客たちは大爆笑。母は「まるで人さらいだわ」といつも恥ずかしがっていたらしい。

あれはいくつの時だろう。祖母は号泣する私の手にそっと一粒の石を握らせた。

「ほら、綺羅。これをあげるから、もう泣くのはおやめ」

手のひらにあったのは、私がいつも眺めていたお気に入りの石だった。「棚の商品に触れるんじゃないよ」と厳しく言われていたから、こっそり見ていたはずなのに、すっかりバレていたのだ。

涙でぐしゃぐしゃの顔のまま、ポカンと見上げた私に祖母は微笑《ほほえ》んだ。

「綺羅はこれがお気に入りなんだろう?」

「うん。でも、いいの?」

幼い私は、その石はとても高価なものだと思っていた。今では天然石などピンからキリまであり、無造作に棚に並べられた石などたいした値段もしないことを知っているけれど、あの時の私にとって、店の照明に煌《きら》めく石はすべて宝石だったのだ。

「いいよ。綺羅が大事に持っていなさい」

祖母は私の頭を撫《な》でた。電車に乗ってからも、私は窓の外に力いっぱい手を振った。祖母もいつまでも手を振っていた。その時、私は祖母に愛されていると実感した。

成長するにつれて「ちぐさ」を訪れる機会は減ったけれど、私が東京の大学に進み、雑貨店に就職したのはまぎれもなく祖母の影響だった。

祖母と母、そして私。強く結ばれていると思っていた。

それなのに、祖母は母が亡くなってすぐに私に黙って遺品を持ち去ったのだ。

私は目を閉じて、大きく息を吸った。そして吐く。

久しぶりに箱から取り出した小さな石を握りしめる。ひやりと冷たく、小さいけれど、石独特の不思議な重みを感じる。

四十歳。キリもいい。ここで何もかも清算しよう。私はそう決意した。


銀座を訪れたのは翌日の夕方だった。祖母に会うには覚悟がいる。午前中は、半年もの間、ほったらかしにしていた髪を切りに行き、心と体の準備を整えた。

地下鉄日比谷《ひびや》線の銀座駅から地上に出たものの、そこでいくらかのためらいがあった。久しぶりの銀座。あれ以来足は自然と遠のき、何かの用事で来たとしても「ちぐさ百貨店」がある界隈には絶対に近寄らないようにしていた。気まぐれに出歩く祖母とばったり鉢合わせないためである。

銀座で生まれ育った祖母は、この街が大好きだ。たとえ営業中であっても、玄関先に「休憩中」と札を下げて、私を連れて色々なお店に連れて行ってくれた。喫茶店、フルーツパーラー、洋食店や時には鰻《うなぎ》。もちろん祖母が普段からそんな店ばかり訪れていたはずはなく、上京した孫のための贅沢《ぜいたく》だと分かっていても、どれも老舗ばかりの大人びた店を訪れていた私は、ずいぶん舌の肥えた子どもだった。

今は新しいビルが増え、だいぶ景観が変わったけれど、他の街とはどこか違う。新しい中にも大切に守られてきた銀座の香りを、縦横に走る細い通りの石畳や、整然と植えられた街路樹、歴史の名残を思わせる小さな石碑から感じることがある。少なくとも私にとって銀座はそういう街だ。

西銀座《にしぎんざ》デパートの前から晴海《はるみ》通りを渡り、数寄屋橋《すきやばし》公園の大きなしだれ柳の下で気持ちを落ち着かせた。

きっと何事もなかったように店を訪れるのがいい。祖母だって十八年も前のことなど覚えていないかもしれない。それはそれでショックだが、もしかしたら良かれと思って母の遺品を整理しただけかもしれないのだ。……とてもそうは思えないけど。

それにしても、まさか祖母から私を呼び出すとは考えたこともなかった。

祖母は気性が激しい。お客さんには親切だけど、一度嫌った相手のことはいつまでも忘れずに、ブチブチと文句を言う。子どもの頃からそういう姿を何度も見てきたのだ。

だから、私を呼ぶなどよほどのことだろう。

歳《とし》を取って丸くなったか、いよいよ「ちぐさ百貨店」の行く末を相談しようということか。

もちろん私にも下心はある。だって、今の私には仕事がないのだから。

泰明小学校の前から細い通りに入ると、風に乗って香ばしいにおいが漂ってきた。

古い三階建てビルの一階。軒下には無数のエキゾチックなペンダントライトが吊《つ》るされ、すっかり日の陰った路地に色とりどりの明かりを落としている。その下には青銅色のアンティーク風のベンチがひとつ。よくあそこに座って、入ってくるお客さんを出迎えた。すっかり忘れていたのに、ベンチを見た途端に子どもの頃の記憶が勢いよく湧き出てくる。

その上には、すっかり古びた「たい焼き・雑貨　銀座ちぐさ百貨店」の看板が掲げられ、ベンチの横のドアの前では、「たい焼き」と書かれた幟《のぼり》が風に翻っていた。昔はベンチの横にも、店に入りきらない古道具が並べられていたのが懐かしい。

「うわぁ、ほとんど昔のままだ」

レトロブームの今は、古臭い店構えがかえって味わい深い。小学校が近いとはいえ、この通りにはスナックやクラブ、小料理店の雑多な看板が溢《あふ》れていて、混沌とした雰囲気に「ちぐさ百貨店」はすっかり馴染《なじ》んでいる。

私は勇気を振り絞ってドアノブに手を伸ばした。

店には昔から祖母が一人。だからあえて連絡はしていない。

ノブを握ろうとしたまさにその時、ドアが内側から勢いよく開いた。

驚いて飛びのいた私は、そのまま軒下のベンチに尻《しり》もちをつく。

店内から出てきたのは若くて綺麗《きれい》な女性が二人。メイクも服装も隙《すき》がなく、どう見てもこれから「ご出勤」の女性たちだ。そのうちの一人が抱えている白い箱の中身はたい焼きだろうか。香水に混じって香ばしいにおいが私のところまで流れてきた。

「じゃあ、またね」

「いつもありがとうございます」

聞こえてきたのは若い男の声だった。祖母ではない。

「一回くらいお店にも顔を出してよ」

「いえいえ、僕なんてとてもとても」

「もう、つまんないんだから」

「はぁ、すみません」

誰《だれ》だろう、のらりくらりとかわすこの男は。

「まぁ、いいわ。行ってきます」

「行ってらっしゃい」

私はベンチに座ったまま、このやりとりが終わるのを待った。鉄製のベンチは晩秋の夜気にすっかり冷えていて、ジーンズ越しでもお尻が冷たい。

ようやく彼女たちが路地の奥に消えると、戸口に立っていた青年が何気なくこちらを見た。目が合う。

「そんなところで寒くありませんか」

「寒いです。入ろうとしたら、お客さんが出てきたので待っていました」

「それは失礼しました。たい焼きでも食べて温まりませんか。焼きたて、熱々で美味《おい》しいですよ」

彼は口元に笑みを浮かべて手を差し出した。ついその手を握ってしまう。温かい。私の手が冷えているからよけいにそう思う。でも、何だか恥ずかしい。彼は私よりもずっと若いのだ。

なめらかな手を離してからふと思った。彼がたい焼きを焼いているのだろうか。

それとなく相手を窺《うかが》う。ホワイトデニムのシャツの上から、「ちぐさ」と刺繍《ししゆう》の入ったエプロンをしている。彼からもふわりと香ばしいにおいがして、まくった袖《そで》から覗《のぞ》く手首のあたりに火傷《やけど》の痕《あと》が見えた。子どもの頃に見た祖母の白い手首や手の甲にも、いくつも火傷の痕があった。

「たい焼き、焼いているんですか」

「はい、僕が焼いています」

「あなたがたい焼き職人ですか……」

なぜかショックを受けた。

かつては祖母が一人で店を切り盛りしていた。けれど、祖母ももうすぐ九十歳。さすがに一人では無理だということか。何の疑いもなく、祖母が今も一人でここにいると思っていた自分は何と想像力が足りなかったことか。

祖母は、この青年に「ちぐさ」を任せているのかもしれない。だとしたら、今さら私を呼んだ理由は何だろう。「綺羅、アンタに任せるよ」なんて言われることを期待していた自分がますます情けなくなる。いや、もしかしたら、祖母は私に変な期待を抱かせないいために、彼に「ちぐさ」を譲ったことを伝えようとしているのかもしれない。だとしたら、ますますショックである。

「寒いですから、店に入りませんか」

シャツ一枚の彼が、腕をさすりながら私を促す。ショート丈のダウンジャケットを着た私は、彼を見上げて訊ねた。

「店主の千種美寿々さんはご健在でしょうか」

青年は貼《は》り付けていた笑みを消した。すらっとして頭の小さなモデル体型の彼は、そのとたん、とても冷たそうに見えた。ああ、これまでの愛想のよさは演技だったのだ。やっぱり人間は怖い。半年間、アパートに籠って癒したはずの心がまた折れそうになる。

「どちら様ですか」

声色まで違う。ついさっき女性客に誘われた時は、あれほど純朴そうに戸惑ってみせたくせに、今は眇《すが》めた目でじっと私を見下ろしている。

もしかして用心棒？　薄い体はとても強そうに見えないが、疑《うたぐ》り深さだけは間違いない。老いた祖母が店を守るために、若い彼をたい焼き職人として雇ったということも考えられた。今は老人をたぶらかす犯罪が多い。ここは正直に打ち明けたほうがいいだろう。

私は、一度は逸らした視線を、再び彼へと向ける。

「……孫です、美寿々の」

彼はハッとしたように私を眺めた。

「ああ、孫か」

それから目元の緊張を解くと、店の奥に向かって「おばあちゃん」と呼びかけた。

「なんだい、葵《あおい》」と耳になじんだ声がする。

いた。ちゃんと祖母がいた。私の体からするすると力が抜ける。

「おばあちゃん。お待ちかねの孫が来たよ」

あっけに取られる私をよそに、葵と呼ばれた青年は、「どうぞ」と私を店内に導いた。

おばあちゃん。

やけに親しげな呼び方に少し傷つく。孫は私なのに。十八年も放っておいたのは自分だというのに、妙な疎外感に心がざわつく。でも、もう後戻りはできない。

「綺羅、さっそく来たね」

商品棚に挟まれた通路の奥。正面のソファに小さな人影がある。祖母だ。

ようやく店内の照明に目が慣れる。昔からここは、いくつものアンティークランプの橙《だいだい》色の明かりの中に沈んでいた。

たい焼き職人の葵くんは、さっさと進んでソファの横に立っていた。深紅の布が張られたアンティーク風のソファは、かなり値が張りそうに見える。十八年前にはなかったものだ。

祖母は変わったようで変わっていなかった。

記憶にあるより少し小さくなり、以前は黒く染めてひとつに纏《まと》めていた髪はナチュラルな総白髪《しらが》。それをごく短く整えている。もともと色白できめ細やかだった肌は今も健在で、真っ赤な口紅を塗り、黒いワンピースを纏ってソファに座る姿はまるで西洋のお人形のようだ。接近してみれば、化粧では隠し切れない皺《しわ》も目立つだろうが、それでも九十歳に近いとはとても思えない。背筋が伸びているのもあの頃のままだ。

「おばあちゃん、着物、やめたの?」

「楽な服が一番さ。ところで」

祖母は目を細めてまじまじと私を見た。「アンタはすっかり老けたね」

相変わらず辛辣《しんらつ》。でも、そのおかげですっかり緊張が解ける。

「余計なお世話よ。おばあちゃんだって同じじゃない」

「葵」

祖母は横に立ったい焼き職人の葵くんを呼んだ。

「孫の綺羅だよ。こっちは皆月《みなづき》葵。店のことはほとんど葵に任せている」

葵くんは、なおも探るような目で私を見ている。私が彼の存在を測りかねているように、彼もまた私が何をしに来たのかと訝《いぶか》しんでいるのだろう。

昔からまったく空気を読まない祖母は単刀直入に言った。

「葵、アタシはこの店を綺羅に譲ろうと思っている」

私も、葵くんも、ギョッとして祖母を見つめた。

「さすがにもういい歳だ。そろそろ隠居させとくれ。それに綺羅。アンタもここに来たってことは、そのつもりがあったんだろ？」

まるで私が、下心ありきでここに来たような言い方に焦った。よりによって、今は店を任されているという葵くんの目の前で。

ちらっと葵くんを見る。葵くんも推し量るように私を見ている。

「隆志《たかし》から聞いたよ。アンタ、会社を辞めて半年もアパートに籠っていたんだってね。情けない。……だから、ちょうどいいだろ」

隆志とは私の父である。いくら婿養子とはいえ、実の娘の前で「隆志」はない。デリカシーのない義理の母に、娘の事情をベラベラと話した父にも苛立《いらだ》ちを覚える。

葵くんの視線がますます冷たい。「へぇ、その歳で会社を辞めたんだ」という目で私を見ている。

「そんな言い方しなくてもいいじゃない。だいたい、何もかも突然すぎるのよ」

何かと相手に気を遣って生きてきた私だけど、昔から祖母だけは別だった。裏表がないから、こっちも直球で言い返せる。

私は祖母の横に立つ葵くんに向き直った。

「だいたい、今はそちらの方がお店を任されているんでしょう。ここを譲るなら、ずっとご無沙汰《ぶさた》だった私よりも、彼のほうがよっぽどふさわしいんじゃない？」

「俺《おれ》は単なるバイトですから」

「そうなの？」

しれっと答えた葵くんに力が抜けた。私よりもずっと若いといっても、とても学生には見えない。それがバイトとはいったい何をやっているんだろう。思わず親目線で心配してしまう。

「綺羅、アタシはアンタに言っているんだよ」

「でも、見たところ元気そうだし、すぐにってわけじゃないんでしょう？」

「アンタが継ぐなら、アタシはすぐに引退してもいい」

「……無理に決まっているじゃない。私は何も分からないし、第一、たい焼きも焼けない」

「たい焼きは、葵が焼く」

「ちょっと待って、おばあちゃん」

葵くんのポーカーフェイスが崩れた。まさか彼も、祖母が突然引退宣言をするとは思っていなかったのだろう。やっぱり祖母は勝手だ。

祖母は、葵くんを一瞥《いちべつ》して念を押した。

「葵が焼くんだろ」

仕方なく、というように葵くんは頷《うなず》いた。

「……俺まで失業したくないし」

焦ったのは私だ。いやいや、無理だろう。見ず知らずの彼とうまくやっていく自信などない。

ちょっと見ただけで分かる。彼は私とは合わないタイプだ。何事にも興味がなさそうで、でも、何でもできてしまうタイプ。前の会社にもいた。そういう人は決まって私をバカにした。人一倍走り回っても、何ひとつ成果を残せない私を。

「いいね、綺羅」

祖母がじっと私を見る。その圧の強さに怯《ひる》みそうになる。

ここは頷くべきだ。いきなり「ちぐさ百貨店」を任されるのも困るけど、失業のつらさを噛みしめるのはもう耐えられない。

決断を迫られた私を、祖母が、葵くんが、棚に並べられたマトリョーシカが見つめている。じわじわと手のひらに嫌な汗が滲《にじ》んでくる。

ちょうどいいタイミングで、お客さんがドアを開けた。

錆《さび》ついた蝶番《ちょうつがい》がギイイときしみ、葵くんが「いらっしゃいませ」と入口に向かった。

「やぁ。葵くん。たい焼き、十匹。すぐ焼ける？」

入ってきたのは日焼けした顔に顎鬚《あごひげ》を蓄え、ジーンズを穿《は》いたお洒落《しゃれ》なご老人。ご老人と言っても祖母よりはだいぶ若い。

「すぐ焼きます」

葵くんはさっと身をひるがえして、レジの横の暖簾《のれん》の奥の小さな台所に入った。

「福《ふく》ちゃん、久しぶり。十四は食べ過ぎだよ」

「違うよ、美寿々さん。たい焼き好きの常連が来るんだよ」

「そのうちの半分は自分で食べるんだろ」

「まぁ、そうだけどさ。おっと、失礼」

福ちゃんと呼ばれた男性は、一段高くなったレジの前に立つ私に気づいて、ちょっと頭を下げた。会計待ちの先客がいたと思ったらしい。

「気にすることないよ。客じゃない。孫だよ」

「えっ、お孫さん？　ってことは、葵くんのお姉さんとか？」

「葵は孫じゃなくてアルバイト。前も教えたじゃないか」

「そういやそうだった。へぇ、お孫さんかぁ。よろしく」

福ちゃんは眉《まゆ》を下げて、私に右手を差し出した。常連客らしき男性と握手をかわす。

そのうちに、暖簾の奥からカタンカタンと音が聞こえてきた。たい焼きの金型をひっくり返す音だ。昔、この音を奏でていたのは祖母だった。懐かしさに耳を澄ませる。

「ちぐさ」のたい焼きは、金型で一匹ずつ焼く。型は大きなペンチみたいな形をしていて、長い柄の先にたい焼きの金型が付いている。柄が長い理由はそのまま直火《じかび》に突っ込むからだ。

幼い頃、いつも暖簾の陰からその光景を見ていた私は、焼き方も、伝わってくる熱気もよく覚えている。温めた金型に油を塗り、タネを流す。たっぷりの餡《あん》を載せ、餡の上からまた少しタネを流すと、長い柄を操って金型の蓋《ふた》を閉じ、直火に突っ込む。頃合いを見て型をひっくり返す。この時にカタンと音がする。

一匹ずつでは効率が悪いから、五個の金型を使って同時進行する。そこは技術だ。端から順番に型をひっくり返していくから、カタンカタンカタンと音がする。

祖母は首から下げた手ぬぐいで汗を拭《ぬぐ》いながら、焼けたたい焼きを次から次へと型から外し、金網の上に落としていた。その光景にいつも胸が高鳴った。

縁日などで見かける屋台のたい焼き屋は、一度に何匹もまとめて焼ける型を使っていて、これを「養殖もの」と呼ぶらしい。対して一匹ずつ丁寧に焼く「ちぐさ」のたい焼きは「天然もの」だ。

「いいにおいだねぇ」

福ちゃんが目を細めた。確かに店内は香ばしいにおいでいっぱいである。

「福助《ふくすけ》さん、お待たせしました」

暖簾の奥から葵くんが白い紙箱を持って出てきた。

箱の蓋は開けてある。蒸気を逃して蒸れを防ぐためだ。そのせいでますます美味しそうなにおいが漂い出す。思わずごくりと喉《のど》が鳴ってしまう。

葵くんはレジに行って会計をした。流れるような動きを目で追う。どうやら「ちぐさ」は現金しか使えないらしい。このあたりもいずれ考えなければいけないだろうか。もしも私がここを継ぐことになったら、だけど。

「福助さん、いつもありがとうございます」

「葵くん、たまにはウチにもおいでよ。一杯ご馳走《ちそう》するからさ」

「はい、そのうち」

葵くんは今回も笑顔でさらりとかわし、入口まで送って戻ってきた。祖母の横でふふっと笑う。私に対する態度とは明らかに違う。

「福助さん、店に帰るまでにさっそく一匹食べるよね」

「食べるだろうね。焼きたてが一番だ」

二人の仲の良さにわずかな嫉妬《しっと》が芽生えた。

福助さんは、この通りの先のビールバーの経営者だという。経営者と言ってもスタッフは彼一人で、十五年前に脱サラして大好きなビールに特化したバーを開いたらしい。

祖母は、「十五年なんてまだまだ新参者だけど、まぁ、よくやっているよ」と一目置いている。きっとたい焼きをしょっちゅう買ってくれるからだろう。十五年で新参者なら、私にとっては長かったこの十八年も、祖母にとってはつい最近のことなのかもしれない。

私に福助さんのことを説明した祖母は、ふと思いついたように言った。

「綺羅、アンタも久しぶりにたい焼き、食べるかい」

「いいの？」

「物欲しそうに見ていただろう。葵、一匹焼いてあげな」

においに刺激されて「美味しそう」とは思ったけれど、物欲しそうにはしていない。本当にこういうところに腹が立つ。

「おばあちゃんは？」

気を利かせて葵くんが訊《き》く。

「アタシはいいよ。お茶だけもらおうか」

たい焼きを待つ間、私は店内を散策することにした。

レジに近い棚にはマトリョーシカ、その横には大中小のこけしも並んでいる。異質の組み合わせだが、どこか似通っている気もする。こういうところが「ちぐさ百貨店」だ。

懐かしさを噛みしめながら歩みを進める。以前私のお気に入りだった天然石の棚は、今はそれらを使ったアクセサリーが並んでいた。小さな石の嵌《は》められたピアスやリングは繊細でとても可愛《かわい》らしい。

違う列の棚には食器類が置かれている。色とりどりの豆皿や箸置き、湯飲み、江戸切子の猪口《ちょこ》、お茶碗《ちゃわん》。壁側のキャビネットのガラス扉の中には、わずかだがアンティークのカップとソーサーが並んでいる。おそらく十九世紀のイギリス製だが、ガラス扉には鍵《かぎ》もかかっていなかった。

反対側の棚には舶来のポストカードや洒落た便箋《びんせん》と封筒、ガラスペンとインク。すぐ横には浅草《あさくさ》の雷門《かみなりもん》など、日本の名所の写真を使った絵葉書もある。京都の寺院や舞妓《まいこ》さんまで交ざっているのは、銀座にも多い外国人観光客を意識したためか。

あまりにも雑多だ。その雑多さが「ちぐさ百貨店」の面白さでもある。ひとつ言えることは、ここには祖母が気に入った品物しか置かれていないということだ。だから、明らかに海外の観光客を意識した絵葉書でも、写真の構図が絶妙だったりする。そこには祖母のセンスが生きている。お客さんを喜ばせようという心意気がある。

祖母が仕入れた品、よそから持ち込まれた品、古い物も新しい物も、洋の東西を問わず、祖母が好きな物が「ちぐさ百貨店」には詰め込まれている。

私の中に、久しぶりに体の底から沸き立つような興奮があった。やっぱりここが好きだ。小さい頃から見てきた雑多な景色と、木と金属の混ざったようなにおいがする乾燥した空気がなんとも心地よい。

店内を一周して戻ると、ちょうど葵くんが台所から出てくるところだった。

台所と雑貨店とを仕切る暖簾の手前には、藺草《いぐさ》の張られたベンチが向かい合わせに二脚置かれていて、昔から店内でたい焼きを食べるお客さんが使っていた。

葵くんはベンチに置いたお盆から湯飲みをひとつ取って、ソファの祖母に手渡す。私よりもよっぽど本物の孫みたいに見える。

「熱いうちにどうぞ」

葵くんに急《せ》かされ、私はたい焼きに手を伸ばした。

熱い。餡がたっぷり入っているからずしりと重い。

「いただきます」

たい焼きの表面は焦げ目もなく綺麗な色をしていた。直感的に葵くんは上手だと思った。

頭からガブリといく。パリッと香ばしい。まるで最中《もなか》みたい。

「ちぐさ」のたい焼きは、薄皮でぼってりしていない。あえて言うなら生地は中の餡を包み込むヴェールだ。だからひと口目から餡に到達する。この餡がまた熱い。下手をすれば唇や上顎を火傷する。でも、待ち切れずに食べてしまう。涙目になりながら、ハフハフと熱い息を吐いて頬張る。ちょっと粒の残った餡はしっかりと甘い。甘いけれど、甘ったるくない。きび砂糖を使っているんだよと、昔、祖母が教えてくれた。真っ白な砂糖以外の砂糖があるなんて、その時に初めて知った。

「美味しいかい」

祖母の問いに、「うん」と頷く。まるで子どもみたいだが、熱い餡をハフハフとやっているのだから言葉など返せるわけがない。

餡がぎっしり詰まったお腹《なか》の部分は、餡をこぼさないよう、右、左、と、左右からバランスよく齧っていく。お腹を過ぎ、尻尾に向かう頃には、ああ、もう少しで終わってしまうと心細くなる。でも、大丈夫。私はその先を知っている。

いよいよ尻尾の手前のくびれた部分に到達する。もう尻尾しかない。絶望的な気持ちで半分まで齧る。その瞬間、ぶわぁっと口の中いっぱいに旨《うま》みが広がる。

そう、これが「ちぐさ」のたい焼きなのだ。

初めて食べた人は、頭の中を「?」マークでいっぱいにするだろう。何? 今、何を食べたの、となる。何とも言えない旨み。よく知っている味だけれど、それがたい焼きと結びつかない。今、私もその感覚を味わっていた。ああ、これだ。

「来たっ! 塩昆布!」

思わず叫んだ。

「大袈裟《おおげさ》だね」と祖母は呆《あき》れ、葵くんも白い目で私を見ていた。

そう、「ちぐさ」のたい焼きの秘密は、尻尾に隠された塩昆布だ。

餡を載せる時、尻尾の部分に塩昆布を一片載せる。それが焼かれた時に熱々の餡と一緒になって、炊きたての佃煮《つくだに》昆布に復活する。すっかりやわらかくなった昆布は、餡と一緒に口の中でとろける。餡の甘さと昆布の旨み。それを包み込む薄い生地のハーモニーは最高だ。以前と変わっていなければ、塩昆布は「ちぐさ」と同じ銀座の老舗佃煮屋さんの塩吹き昆布。角切りのしっとりした昆布に、旨み成分たっぷりの白い粉を浮かせている。

「中の昆布も前と一緒？」

「そうだよ」

「美味しい。やっぱり『ちぐさ』のたい焼きは最高。葵くん、上手だね」

興奮した私が大絶賛すると、葵くんはちょっと俯《うつむ》いて頬を赤らめた。

熱いたい焼きを収めたお腹の中がほこほこと温かい。そのせいか私の口調も滑らかになる。懐かしいたい焼きの味で、ここが大好きだった頃の自分と、今の自分が繋がった感覚がある。

「ああ、やっぱり美味しいなぁ。『ちぐさ』のたい焼き」

「そりゃ、銀座名物だからね」

「それだよ。私、前はどうしてたい焼きなんて素朴なものが、そんなに人気なのか不思議だったの。きっとこの素朴さがいいんだよね。文句なく美味しい。尻尾がさらに美味しい。尻尾の先まで餡が詰まっているっていうレベルではない驚きがある」

私は湯飲みのお茶を飲み干した。甘い餡に渋めのお茶。これがたまらない。

「大袈裟だね」と、祖母も呆れながらお茶を飲み干す。「葵、もう一杯」

すかさず私も空になった湯飲みを差し出すと、葵くんが吹き出した。

「おばあちゃん、いい茶飲み友達ができたね」

私と祖母は思わず顔を見合わせた。

祖母は昔から、何を考えているのか今ひとつ分からないところがあった。厳しくて、孫だろうがやたらと甘やかすことはなかった。けれど時々、私のことを愛してくれていると感じさせる時があって、それが嬉《うれ》しかった。きっと最初から子ども扱いをしていなかったに違いない。

こうしていると、幼い頃の自分が、今の自分にまっすぐに繋がっていることを実感する。昔から好きだったものはやっぱり今も大好きで、十八年前の出来事を何かの間違いだと思わせるには十分だった。せっかく祖母と会えたのだから、昔のようにここで一緒に過ごしたい。

葵くんが台所から戻ると、私は二人の前で姿勢を正した。

「おばあちゃん、葵くん。いきなり店を任されるのはさすがに無理だけど、まずはここを手伝わせてください。葵くんだって、突然来た私のことを信頼できるわけないよね。だから、これから三人で『ちぐさ』のことをゆっくり考えていけばいいんじゃないかな。どうでしょうか」

湯飲みを持ったまま、祖母はふうと息を漏らした。

「そうゆっくりしてもいられないんだけどね」

「そんなことを言わないで、色々教えてよ」

「まぁ、アタシもさすがに明日からアンタがやれ、とは言わないよ。アンタが不器用なことは、赤ん坊の頃から見ているアタシがよく知っている。ただ、アンタにここを継いでもらいたいという思いだけは変わらない」

祖母の言葉にホッとし、葵くんを見た。

葵くんはわざとらしく視線を逸らした。「俺はバイトだし……」

そっけなく呟《つぶや》いた口元が歪《ゆが》んでいて、祖母がすぐにいなくなるわけでないことに安心しているのが分かった。

祖母はぐいっとお茶を飲み干すと、まっすぐに私を見た。

「そうと決まれば明日からだ。定休日は月曜、それ以外は十二時から二十二時まで。いいね」

「はい」

「葵もいいね」

「もちろん。おばあちゃんの決定は絶対だもん」

こうして私は、翌日から「ちぐさ百貨店」に通うこととなった。

その夜、帰りの電車の中で考えた。

午後九時の東京メトロは会社帰りの人々で混みあっていた。みんな疲れた顔をしている。以前は私もその中の一人だった。

「四十歳から新たな人生を見つけます！」

「新しい世界に船出します！」

などと威勢のいいことを言って、十八年間勤めた会社をやめたのは今年の春だった。

無理やり浮かべた満面の笑みで抱えきれないほどの贈り物や花束をもらい、送別会では、二次会のカラオケまで付き合わされて終電に乗りそびれた。

送別会の主役なのに付き合わされたのだ。いつもそう。

送別会は渋谷の居酒屋だった。二時間の時間制限があり、店を追い出された後、すっかり酔った後輩たちが「じゃあ、次はカラオケ行こう」と言い出した。

二次会なんていいよ、私、人前で歌なんて歌えないし。

私の声は完全にスルーされ、カラオケ店に向かう後輩や同僚の後ろに付いていくしかなかった。完全に帰りそびれていた。

最初から分かっている。居酒屋も、カラオケも、送別会とは名前ばかり。みんな日ごろの鬱憤《うっぷん》を晴らすべく、食べて、飲んで、歌いまくる体のいい口実を見つけたに過ぎない。

いつものことだ。そういうのが積み重なって私は疲弊した。四十歳。もう限界だった。

薄暗いカラオケボックスの一室。L字型になったソファの端っこで、後輩の騒音じみた熱唱をぼんやりと聞いていた。

「綺羅、寂しくなるよ」

「千種先輩、お疲れさまでしたぁ」

一次会の居酒屋では、先輩も同期も後輩も、みんな残念がってくれていた、と思う。中には涙を浮かべて抱き付いてくる後輩もいて、「泣くんじゃないの。これからは三実《みみ》ちゃんがいい商品たくさん集めてよ。世界に羽ばたいてよ」なんて言いながら、背中をポンポンしてあげた。

二次会に先輩たちは来なかった。同期よりも後輩ばかり。みんなするりと逃げて、いつも私が取り残される。

誰も私に「次、歌いますか」なんて聞いてこない。勝手に盛り上がって楽しんでいる。いつから私はそういう存在になったんだろう。考え始めたら年甲斐《としがい》もなく涙が滲んできた。別に偉くなりたかったわけではないけど、少しは成果を残したかった。

そっと指で目元を拭ったけれど誰も気づかない。みんなが見ているのは、マイクを握っている人だけ。違う歌が入り、次の人にマイクが譲られる。今度はその人がこの空間の中心になる。

私が仕入れてくる品物はそんな感じだった。棚に並べられても、ほとんど見向きもされない。単なる店の賑やかし。注目されるものだけが売れつづけ、いつしかそういうものしか求められなくなる。それを求めるお客さんばかりが来店するようになる。

私が夢を抱いて入社した小さな輸入雑貨店。いつかこの場所を私が見つけてきた品物でいっぱいにするのが夢だった。

表参道にオフィス兼店舗があり、最初はヨーロッパのインテリア雑貨を中心に扱っていて、数年後には必ず会社を大きくしようと、同僚たちはそれぞれの「好き」を集めていた。私たちの「好き」を多くのお客さんに届けたかった。

けれど、その前に会社の目指す方向が変わった。会社にとってはいい意味で。でも、私はそこから仕事が楽しくなくなった。

たまたまアメリカに行った先輩のバイヤーが見つけてきたキャラクターグッズに火が付いたのだ。一度話題になると、今の世の中では世代も関係なく、あっという間に広がっていく。その商品ならここで買えると、そればかりが売れるようになった。

それまでたいしてヒット商品などなかったから、経営陣はそれに味を占めて、可愛いもの、見栄えのするもの、似たようなキャラクターグッズばかりを集めるようになった。流行ったキャラクター商品を求める客に、新たに入荷した似たような商品もよく売れた。「好き」のポイントが見事にマッチしたのだ。

「ちぐさ百貨店」の雑貨に囲まれて育った私は、個性的な品物やどこか味のある品物に惹《ひ》かれてきた。キャラクターを模したり、プリントされただけだったり、大量生産される品物で埋め尽くされた職場は、私が求めた雑貨店ではなかった。もっとこう、自分だけのっておきを大切にする店であってほしかった。

ようやくバイヤーとして仕事をすることになった私は、そういう品を探した。でも、冒険はできないから、ある程度需要が見込まれる物を選ぶしかなかった。日用雑貨だ。西欧のライフスタイルに憧れる人は一定数いると思った。

ヨーロッパの可愛らしい手作りの人形。ハンドメイドの木製カトラリー、ちょっとした置物。香水瓶や子ども用のフェルトの靴。季節ごとのオーナメント。

でも、あのキャラクターグッズならここと、いつしか知名度の上がったショップでは、ほとんど興味を示されることはなかった。

「千種の持ってくるものは、ちょっと古くさいんだよな」

上司に言われ、そのうちに採用される新入社員もイマドキっぽい雰囲気の子ばかりになっていた。いつの間にか会社も大きくなり、いくつものショッピングセンターにテナントとして入るようにもなっていた。

私の存在はますます小さくなった。買い付けの仕事も下ろされた。再び表参道のショップの店員となり、いよいよ住まいに近いショッピングセンター内の店舗の店長となるよう辞令が下りた。そこは完全にキャラクター商品に特化した店舗で、ターゲットとする客層も学生から若いファミリー層だった。どんどん自分のやりたい仕事から離れていった。私は退職を決意した。もう自分は用済みだと思ったし、そのための人事だとも分かっていた。

経営陣はすっかりターゲットを若い世代へと切り替えている。気づけば、いつの間にか同期も先輩も減っていた。バイヤーとして独立した先輩もいた。自分の「好き」に本当にこだわる人は、それくらいするのだ。

異動が決まったとたん辞表を出した私に店長は言った。「困るんだよね」と。

私よりも若い彼は「もしかして、またバイヤーにでもなるの？」と笑いながら訊ねた。嫌な笑いだった。彼は、私がかつて売れない品物ばかり買い付けたことを知っていた。

薄暗いカラオケボックスの隅っこで、これまでのあれこれを思い出すと、さらに涙がこみ上げてきた。幸いその男は一次会で帰っていて、それすらも仕方なく参加したという感じだった。

ちょうど酔った後輩が「虹《にじ》」を熱唱していて、私はソファの上に立ち上がって、涙を流しながら「サイコー」と叫んだ。一瞬、ギョッとしたように私を見た後輩たちも、勢いに呑《の》まれて「サイコー」と叫び、いっせいに泣き始めた。最後にちょっとだけ爪痕《つめあと》を残せたような気がした。全員が号泣した「虹」で二次会はお開きとなった。

みんなは始発の電車で帰ると言ったけれど、荷物の多かった私はタクシー乗り場に向かった。早く一人になりたかった。

カラオケをした渋谷《しぶや》から北千住。けっこうな金額だった。会社は表参道だけど、そんなに変わらないこの距離を、十八年間、ずっと通勤していたんだなぁと思った。

色々あったはずなのに、結局、何ひとつ大きなことはしていない。

自分の「好き」だけでは世の中に通用しない。

では、ずっと子どもの頃の「好き」を大切にしてきた自分はいったい何だったのだろう。

気づけばアパートに籠ったまま半年が過ぎていた。

そんなことを思い出しながら、メトロの窓に映った自分の顔を見ていた。

あの頃よりもずっとマシな顔をしていた。

ふと、久しぶりに食べたたい焼きの美味しさを思い出した。

翌朝、私は開店の一時間前に着くように家を出た。それなのに店はすっかり準備ができていて、葵くんが暖簾の向こうで餡を炊いていた。

店内にはふわぁっと、小豆の煮えるにおいが充満していた。甘いにおいではない。少し香ばしいような、しっかりした豆のにおいだ。

「おはよう、葵くん。いつも何時に来ているの？」

いきなり顔を出した私に葵くんはギョッとして、「そうか、いたんだ」と呟いた。

「もうやることないよ。おばあちゃんが来るのはお昼過ぎだし」と、再び鍋《なべ》に向き合う。祖母が昔から使っている古い銅鍋だった。

「これからは、葵くんはたい焼きメインでいいよ。お店の準備は私がする。新参者ですけど、よろしくお願いします」

私は姿勢を正して頭を下げた。

祖母の年齢を考えれば、葵くんにおんぶにだっこだったことは想像がつく。頭も口もしっかりしているけれど、体力は相当落ちているはずだ。だからこそ、ずっと自分で焼いてきたたい焼きを葵くんに任せたに違いない。

ふと思う。葵くんは、私のことをどう思っているのだろうか。

彼から見たら、私は途中から割り込んだ邪魔者だ。自分の仕事を奪われたように思ったりしないだろうか。淡々とした葵くんの態度からは何も分からない。

葵くんは、ゆっくりと鍋の中をかき混ぜている。

時間はまだたっぷりあったので、葵くんが掃除をしてくれた店内を歩いた。

床にはゴミひとつ落ちておらず、モップで磨かれてツヤツヤと光っている。ずいぶん仕事が丁寧な子だ。あとは棚にはたきでもかければいいだろうか。

「ちぐさ百貨店」については、もっと早くに話し合っておかなければいけないはずだった。あまりにも早く母が亡くなったせいで、すべてがうやむやになってしまったが、もしかしたらとっくの昔に私がここで餡を炊き、たい焼きを焼いていた可能性もあったのだ。……とても自分にはできそうもないけれど。

自分勝手であることは重々承知の上で、このまま葵くんがずっといてくれればいいのにな、と思う。彼のことは何も知らないけれど、祖母が選んだ人物ならそれだけで信頼できる気がする。

私は昔ながらの竹製のはたきを持って店内を回った。無意識に立ち止まったのは、天然石を使ったアクセサリーの前だった。木製の棚はどの段も装飾品が置かれていて、天然石のアクセサリーはちょうど目に付きやすい中段の全体を使って並べられている。以前は、同じ場所に石だけが無造作に置かれていた。私のお気に入りの猫目石もその中のひとつだったのだ。

私は小さなラピスラズリのついたリングを手に取った。繊細なデザインがいい。ピアスやイヤリング、ネックレス。同じ人の作品だろうか。どれもシンプルで素敵だった。店をやっているのは九十歳に近いおばあちゃんなのに、こんな品があるのもかわいらしい。品物の場所を覚えようと、私は何度も店内を歩き回った。

開店して一時間が経ったが、祖母はまだ姿を見せない。しょっちゅうお客さんが出入りするわけでもなく、「ちぐさ百貨店」はのんびりとした時間が流れている。

歩き疲れた私は、一段高くなったレジの後ろに座っていた。

この高くなったレジ台を、祖母は昔から「番台」と呼んでいた。小柄な祖母でも店内を見渡せるように高くしてもらったらしい。祖母は、お客さんがどの棚の前でどんな商品を眺めているのか知りたかったのだ。もしもそこを動かない人がいたら、そのお客さんは買うか買うまいか悩んでいると考えられる。そんな時、祖母はさりげなく歩み寄って相談に乗るのだった。

番台からは確かに店内がよく見えた。何度か座らせてもらったことがあったけれど、自分も小さかったせいか、今のように見渡せる感じはなかった。

祖母は数年前から足を引きずるようになり、今では番台に上ることはないらしい。その時に横に置かれたソファを購入し、レジの役目も葵くんに譲り渡したという。

今日の最初のお客さんは、開店と同時に入ってきた女性だった。

彼女は入ってくるなり日用品の置かれた棚に直行し、迷いもせずに品物を持ってレジにやってきた。良い香りのするフランスのオーガニックソープだった。

さすがに使い慣れないレジは不安で、私は葵くんを呼んだ。葵くんは番台には上らず、長い腕を伸ばして横からレジを打った。普段は暖簾の奥にいることが多く、ほぼ一人で店番をこなしているのだから、このスタイルが効率的なのだろう。

女性客は葵くんが出てくると嬉しそうに微笑んだ。ドアが閉まった後、葵くんが「あのお客さんはいつもあれだけを買いに来る」と教えてくれた。

現金払いのみの「ちぐさ」のレジは簡単で、私でもすぐに覚えられた。

これまでも表参道のショップで散々レジを打ってきた。後輩が仕入れた品物がバンバン売れるのを苦々しい気持ちで見ていた。自分の会社だというのに、売れなければいいのにとさえ思っていた。でも、今は違う。オーガニックソープひとつ。千円ちょっとの売上がとても嬉しかった。

午後二時。雑貨を買うお客さんよりも、たい焼きを求めるお客さんのほうが多くなってきた。店内で食べるよりも、お持ち帰りのお客さんのほうがずっと多い。

昨日の祖母をマネして、暖簾に向かって「葵くん、五匹お願いします」と叫んでみた。すぐに葵くんが出てきて、お客さんに「五匹ですね」と確認した。まだ私は信用がないらしい。だからおとなしくレジだけ打つことにした。「誰だ、このオバサン」という目で私を見るのは、きっと常連さんだろう。祖母もまだ来ていないのに「孫です」と名乗るのもおかしいので、新人を装ってニコニコと対応した。葵くんがレジにいないので、残念そうに暖簾を眺めている女性客もいた。

葵くんはお客さんの前では愛想がよく、常連客に人気があるようだ。若いし、すらっと背が高い。モテるんだろうなと思う。

若いというだけで強みになる。前の会社で嫌と言うほどそれを思い知った。お客さんに多少馴れ馴れしくお勧めしても、親しみのあるスタッフだと思ってもらえる。ちょっと年齢を重ねただけで、言葉巧みな熟練の販売員みたいに警戒されてしまう。べつに押し売りをするつもりはないのに。

午後三時近くになって、ようやく祖母が姿を見せた。

足首まであるフェイクファーのコートに、ウールのバケットハット。防寒に余念がない。というよりも、貫禄《かんろく》ある姿に呆気《あっけ》にとられる。あまり並んで歩きたくはない。手はステッキを握り、少し足を引きずってソファまでやって来た。

「店の中は薄暗いけど、今日は小春日和《こはるびより》で気持ちがいいよ。クリスマス前のこの時期は銀座が一番華やぐんだ。三越や和光のショーウィンドウ、毎年アタシの楽しみなんだよ。綺羅、アンタも銀座は久しぶりだったら、後で見ておいで」

「え、でも店番は……」

「最初からアンタなんて当てにしていないよ。銀座で商売をするなら、銀座の空気を思いっきり吸っておいで」

「……じゃあ、お言葉に甘えて」

祖母は最初からそのつもりだったようだ。葵くんがお茶を淹れて台所から出てくると、泰明小学校の前のカフェで買ったバゲットサンドを渡している。自分もソファに座ってクロワッサンを食べ始める。

「私の分は？」

思わず訊くと、祖母は首でドアのほうを示し、「だから銀座の街を見ておいで」と言う。

つまりは休憩して来い、ということなのだ。クロワッサンの生地をポロポロとこぼす祖母の膝《ひざ》にハンカチを広げてあげながら、私は「ありがたく行かせていただきます」と苦笑した。

祖母の言う通り、ランプの光に照らされた薄暗い店内を出ると、外の世界は晩秋のやわらかな光に包まれていた。夕刻に差し掛かった日差しは、わずかに黄色味を帯びて、泰明小学校の校舎や周辺のビルを黄金色に染めている。

晴海通りに出るとまっすぐに四丁目交差点を目指した。通りの歩道はどちら側もたくさんの人で混雑している。観光客だろうか。今は銀座にこんなに人が溢れているのかと驚く。耳に入る言葉も多国籍で、目に飛び込んでくるのは海外ブランドのビルばかり。引きこもっていた北千住のアパートから一気に違う世界に迷い込んだ気がした。

天賞堂《てんしょうどう》の天使像を過ぎ、端正な和光の前を通り、交差点の反対側から堂々たる三越の入口を眺める。ああ、私はここを子どもの頃から知っているんだ、となぜか誇らしい気持ちになった。

人々は足を止めて大きなショーウィンドウのディスプレイを眺め、そこに飾られた季節の情景や品物にしばし目を見張る。これはひとつの芸術品でもあるなと思う。

ブランドショップのディスプレイに誰もが心を奪われるように、「ちぐさ」の品物でもこの街を訪れる人の心を惹きつけたいと思う。きっと祖母が私に見てこいと言ったのは、そういう心構えだったのだと思う。

華やかさを演出しているのは、どのビルの店頭にも置かれたクリスマスツリーだ。競い合うように、それぞれが豪華なオーナメントを輝かせている。それを背景に写真を撮る人々を眺めながら、今の「ちぐさ」にはあまり季節商品がないなと思った。そういうところも変えていきたい。私は四丁目交差点に近いカフェでサンドイッチを食べながら考えた。


「ちぐさ」に帰ると、たい焼きを待つお客さんで混みあっていて驚いた。店の外まで並んでいる。まさかここまで人気だとは思わなかった。きっとこの十八年で銀座も変わったのだ。

私はお客さんの横をすり抜けて番台に戻った。祖母が葵くんの分もパンを買ってきた理由が分かった。これでは、葵くんはゆっくり外に出てランチなどできるはずがない。

もちろんテキパキと動いているのは葵くんだけで、祖母はソファに座ってたい焼きを待つ常連客とのんびり談笑している。

いきなりこの忙しさに飛び込めるはずもなく、私は邪魔にならないように小さくなっているしかなかった。

ようやく列が途切れたのは、それから一時間後だった。葵くんはまだ台所から出てこない。落ち着いたのは束の間《つかま》のことで、もうしばらくすると、今度は会社帰りの人でまた忙しくなるという。その時こそレジを引き受けようと、意気込んで番台に座った。

「どうだった」

祖母がソファから声を掛けてきた。

「賑わっているねぇ、銀座。おばあちゃんの言う通り、この季節が一番華やかかもしれない。洗練されたディスプレイを見ると、普段はブランド物に縁のない私でも、背筋が伸びる気がする」

「夢を与えてくれるんだよ。だからアタシはこの街が好きだね。毎日、それを見ながら通ってくるのが楽しみさ」

「じゃあ、私は銀座の外れの『ちぐさ』で、誰でも夢に手が届くような品物をたくさん扱いたいな」

「それが雑貨屋のいいところだよ」

「そう言えば、おばあちゃん。今も住まいは同じ？」

毎日、三越や和光のショーウィンドウを眺めているということは、私が子どもの頃によく泊まった勝《かち》どきのマンションに住んでいるに違いない。

「同じだよ」

ずっと以前、祖母はここに住んでいた。一階が雑貨店、二階が住居で、三階は倉庫とし母が結婚して家を出たタイミングで上階を貸し出し、勝どきのマンションに移ったのだ。それ以降、二階には「スナック弓月《ゆづき》」が入っている。建物自体が小さいので三階は「弓月」のスタッフが使っているそうだ。

「弓月」の月子《つきこ》ママはもともと「ちぐさ」の常連客で、すずらん通りのお店から独立して念願の自分の店を開いた。祖母よりも一回り以上も若い綺麗な人で、私も小さい頃は可愛がってもらった。今も上は「弓月」だから、そのうちに会う機会もあるだろう。

「バス通勤しているの？」

「シルバーパスはありがたいね」

葵くんがお茶を淹れて台所から出てきた。私たちに湯飲みを渡すと、自分も繭草のベンチに座って大きく伸びをする。

「綺羅さん、いなくて正解。いたらかえって邪魔になっていたよ」

「葵くん、性格悪いね。これからは一緒にやっていくんだからね。……でも、私もこんなにたい焼きが人気とは思っていなかったよ。だって、最初に石鹸を買いに来たお客さんの後はずっとたい焼きだったもんね」

「アタシが来る前は、どんなお客が来た？」

お茶をすすりながら、祖母が訊ねた。

「女性客が多かったよ。ちょうどお昼休みの時間だったからかな。十五匹買って行った会社員風のオジサンもいたね。オフィスで配るのかな。ああいう上司はモテそう」

「熊谷《くまがい》さんだ。ちょっとカッコイイだろう。部下によくせがまれるそうだよ。まぁ、本人はまんざらでもないみたいだけどね」

「どこにでも一人はいるよね、そういう上司」

「ウチのたい焼きは常連客が多いんだ。定期的に食べたくなるそうだよ。昨日の昼間は中央通りの『シェ・アルジョン』のシェフも買いに来たね。一週間ぶりかな」

思わず「えっ」と声を上げた。

「あの予約が取れないレストランで有名な？　あそこのシェフって確かフランス人だったよね？」

「美味しさに国境は関係ないよ。そもそも、フランス料理に一年先まで順番待ちしているのは日本人じゃないか。それほどウチのたい焼きは美味しいってことさ」

確かにその通りだ。銀座百店会に名を連ねているのは伊達ではない。

本当にそんな店を私が継げるのだろうか。常連客が覚えられるかも不安だ。

「お客さん、みんな私のことを『誰だ、コイツ』っていう目で見ていたよ」

「当然だよ。アタシ一人で何年もやってきて、葵が来て六年だ。綺羅もきっと苦労するよ、なんたって、葵は女性客に人気があるからね」

刺されでもしたら嫌だなとゾッとする。まさかそんなことはないだろうけど、商品に刃物はないか改めて確認しておこうと思った。

出勤二日目。私はまた番台でぼんやりと店内を眺めていた。

開店してしばらくはお客さんが少ない。開店は正午だから世間はランチタイム。お昼休みのついでにたい焼きを買いに来るお客さんもいるけれど、たい焼き販売のピークはそれよりも少し遅い。

昨日の私は、夕方と夜にたい焼きを求める客の洗礼を受けた。どうして同じタイミングで来店するのかと思うくらい、あっという間にお客さんが並んだ。

いつもは一人でやっている葵くんも、私が加わることで少しペースを乱されているようだった。どのお客さんにいくつ。次のお客さんにいくつ。その連携が大切だとつくづく思い知った。

葵くんに助けられ、文句を言われながらもようやく閉店時間。私はレジを打っただけなのにクタクタになっていた。店内は熱気に満ちていて、細く開けた台所の窓からは、「スナック弓月」のカラオケの歌声がまるでＢＧＭのように聞こえていた。

それを聞きながら、葵くんにレジのお金の数え方を教わった。「弓月」はクラブと違って、銀座にありながら気楽に足を踏み入れられるから人気がある、と葵くんは教えてくれたけれど、きっと葵くんだってクラブには行ったことなどないだろう。

店の鍵は葵くんと祖母しか持っておらず、葵くんは台所の片付けがあと少し残っているというので先に店を出た。

「スナック弓月」の看板はまだ明るくて、カラオケの音は店内にいる時よりも大きく聞こえた。疲れたけれど、何だか楽しかった。四十歳にもなって、こんな風に思うとは考えたこともなかった。頬を撫でる冷たい夜気に心地よさを感じながら、地下鉄の駅に向かう。

祖母は午後八時には帰ってしまった。いつもそれくらいになると、葵くんに任せて帰宅するという。さすがに九十歳目前の祖母には、長時間店で過ごすのは応《こた》えるのだろう。

子どもの頃、私もよく途中で眠ってしまって、藺草のベンチのひとつを占領した。閉店後はぐずりながら祖母に背負われてタクシーに乗り、勝どきのマンションに帰った。

ベンチの上で微睡《まどろ》みながら、祖母と常連客の会話を聞くのが好きだった。

葵くんは月島《つきしま》の自宅から自転車で通っているという。

月島なら、祖母のマンションのある勝どきのすぐ近くだ。

それを聞いた時、私は複雑な思いがした。祖母は、やっぱり葵くんを頼りにしていたのではないか。もしも私との関係が修復しなければ、祖母は葵くんに「ちぐさ百貨店」を任せようとしたのではないか、と。

でも、葵くんは果たして引き受けるだろうか。葵くんのことがまだ分からない。どうしてここでアルバイトをしているのかも、何を考え、私のことをどう思っているのかも。まだ知り合って二日。これから徐々に分かっていくに違いない。

そう思って、今朝の私は昨日よりもずいぶん早くにアパートを出た。

まさに出勤時間帯の数寄屋橋交差点は人であふれていた。寒さもあって、みんな顔を伏せて目的地へと足早に進んでいく。その人の波に押されるように私も数寄屋通りを通って、「ちぐさ」にやって来た。

葵くんが何時に来ているのか分からない。いつまでも彼に甘えるのではなく、私も朝の仕事を引き受けたい。いわば、私の覚悟を示そうというわけだ。そう思って、開店よりも三時間早い九時に「ちぐさ」に到着したはいいが、鍵を持っていない私は軒下のベンチに座って待つしかなかった。

寒い。途中で買ったコーヒーで手のひらを温めながらひたすら待つ。幸いなことに、三十分もせずに葵くんが到着した。まさに颯爽《さっそう》と現れた。フレームが深緑のクロスバイクにまたがり、ロードバイク用のカッコいいヘルメットをかぶっていた。晴海通りをスイスイ進む姿が目に浮かぶようだった。

しかし。

「何、その格好」

思わず指をさしてしまったのは、彼がスーツ姿だったからだ。季節柄、黒いウールのコートを着ているが、襟もとにはきつく結ばれた臙脂《えんじ》色のネクタイも見えている。細身のズボンは紛れもなくスーツのもので、靴はピカピカに磨かれた革靴。背中には平べったい黒いリュックを背負っている。どう見ても会社員。しかも若手エリートふうだ。

ポカンと見つめる私に、葵くんはバツが悪そうにヘルメットを外した。

「いつから待っていたの」

「そんなに待ってないよ。ほら、私も朝の準備もちゃんと覚えたいから。それよりその格好。毎日、それで来ているの？」

「俺のことはいいから」

葵くんは自転車を「ちぐさ」と隣の建物の間の狭いスペースに入れると、チェーンロックで固定した。鍵を開けて店内に入る。棚の間の薄暗い通路を進み、番台の後ろのスイッチを押すと、店内のランプにいっせいに明かりが灯った。

葵くんは台所に直行し、出てきた時には薄手のセーターとジーンズ姿で、その上から「ちぐさ」の刺繍の入ったエプロンを着けていた。足元はスニーカーに履き替えている。

「ねぇ、ねぇ、毎朝、そうやってここで着替えているの？」

葵くんはうるさそうに私を無視して、番台の後ろの通用口から外に出ると、掃除用具を持ってきた。

「私がやるからいいよ。その前に」

紙袋からホットコーヒーを取り出す。葵くんの分も買ってきたのだ。

「どうぞ、ちょっと冷めちゃったけど」

「……ありがとうございます」

葵くんは素直に受け取り、並んで暖簾の前のベンチに座った。

お互いに黙ってコーヒーをすする。会話がない。知りたいことは色々とあるけれど、面倒なオバサンだと思われるのも嫌だった。もうこの年齢なのだし、いっそ遠慮も捨てて図太く行くべきか、と悩む。

実質的な「ちぐさ」の仕事のこと、葵くんの考え、祖母のこと。

訊きたいことが色々ありすぎて、いざとなると何を優先すべきか分からない。これからの葵くんと私の関係を考えると、どういう立ち位置で接したらいいのか、ますます分からなくなる。

でも、きっとそれは葵くんも一緒だろう。結局、黙ったままで、もう少しでコーヒーを飲み切ってしまう。

「……綺羅さん」

意外にも葵くんから話してきた。

「はい」

「本当におばあちゃんの孫なの？」

やっぱり疑われていたらしい。

「本物の孫です。母がおばあちゃんの一人娘。実家は蓼科だけど、子どもの頃からしょっちゅうここに遊びに来ていたの。それが楽しかったから雑貨店に就職した。辞めちゃったけどね」

葵くんの探るような視線に苦笑しつつ続ける。

「まぁ、疑うのも無理はないよ。ずっとここには来ていなかったんだもん。ちょっとおばあちゃんと会いたくない理由があったんだよね。完全に解決したわけじゃないけど、あの人ももういい歳だし、いつまでも意地張っているのも違うかなと思ってさ」

「おばあちゃん、あの性格だからね」

「あ、やっぱり葵くんも苦労した？　でも、十分仲良さそうに見えるよ。羨《うらや》ましいくらい」

「突然孫を名乗る人物が現れたら、用心深くなるのも当然でしょ」

「銀座の物件を騙《だま》し取られちゃうんじゃないかって？　ちゃんと私は千種綺羅です。どうしたら信じてくれる？　免許証見せたところで偽造とか疑われちゃうのかな」

葵くんは呆れたようにため息をついた。

「まぁ、いいよ。おばあちゃんがそう言っているんだから綺羅さんを信じる。ところで、本気でこの店を継ぐの？」

「継ぎたいと思うよ」

葵くんはじっと私を見つめている。

「……変な野心ではなく、純粋に『ちぐさ百貨店』になくなってほしくない。おばあちゃんから聞いているかもしれないけれど、江戸時代から商売をやっているの。残したいのは当然だよね。私にその役が務まるのかは不安だけど。そうだ、何なら葵くんがやる？　その気があるならおばあちゃんに伝えるけど。だって、葵くんはたい焼きも焼けるもんね」

試すように言ってみると、彼は慌てて目を逸らした。

「俺はバイトだって言ったでしょ。でも、ここがなくなってほしくないっていうのは同じだよ」

「どうして？」

「俺、ここでたい焼きを焼くのが好きなんだ。お客さんが喜んで買って行ってくれるし、美味しいって言ってもらえる。尻尾を食べた時の反応を見るのも楽しい。今はガイドブックを片手に来る外国のお客さんも増えて、すごくやりがいがある」

「舞妓さんのポストカードもあったね」

「うん、たまに売れる。一番人気は富士山の雪景色だけどね」

「たい焼きは、私もここまでとは思わなかった。子どもの時は綺麗な雑貨ばかりに目がいっていたからなぁ。それにしても雑貨屋でたい焼きなんていいアイディアだったよね。おばあちゃんのことだから、店頭に飾ってある鯛《たい》の木型でも見て、パッと思いついたのかもしれないけど。あの人、いつだって人と違うことをやりたがるから」

私が笑うと、葵くんはまじまじと私の顔を覗き込んだ。

「知らないの？　おばあちゃんがたい焼きを始めた理由」

「え？」

「まぁ、いいや。コーヒー、ご馳走様」

葵くんはすっと立ち上がると、空になったカップを持って暖簾の奥に行ってしまった。

取り残された私は、ゆらゆらと揺れる暖簾を見つめるしかなかった。

それからは葵くんとはたいした会話もなく、たい焼きばかりが売れていった。

昨日とほぼ同じ時間に祖母が到着し、私は番台に座ったり、棚の間をウロウロしたりして過ごした。

こうして二日間店の中をウロウロしてみても、母の形見らしきものは見当たらなかった。

ここに来ると決めた時、もしかしたら何か残っているかもしれないと期待したのだが、残念ながら何の手がかりもない。

私がここに来た日も含めて、今日でまだ三日。

お互いがお互いを観察していて、どこかギスギスと空気が重い。

特に葵くんだ。朝のスーツ姿を見て、何かしら事情があるのだろうとは感じていた。

葵くんはほとんど台所にいて、今も餡を炊いている。私が自分で炊いたことはないけれど、餡を炊くのに時間がかかることくらいは知っている。暖簾の奥は葵くんのテリトリーで、昨日、うっかり入ろうとしたら怖い目で睨《にら》まれてしまった。

そういえば祖母も昔から私を台所に入れてくれなかった。狭いし、火があるから危ないと言われ、私は暖簾の陰からこっそり祖母の姿を覗き見ることしかできなかった。

今も小豆を煮るにおいが漂っている。ふくよかな小豆の香りと、湿りけを含んだやわらかな空気が暖簾を通して雑貨店のほうにも流れてくる。

そのせいか、初日に食べた葵くんのたい焼きを思い出した。

記憶の中にある祖母のたい焼きと遜色《そんしょく》ない葵くんのたい焼き。

皮の薄さも、餡の味も、尻尾の秘密も最高の出来だった。

見た目も味も洗練され、銀座のたい焼きと名乗るにふさわしいと思った。

どれだけ練習を積めば、あれだけのものが焼けるようになるのだろう。祖母の教えは厳しかったはずだ。それでも葵くんは、六年間もここでたい焼きを焼いている。何事にもドライな印象の葵くんが、よく音を上げなかったなと思う。

横を見れば祖母はうつらうつらと居眠りをしていて、悩みなどない様子が羨ましくなった。

ギイとドアがきしみ、祖母がピクリと肩を揺らした。ようやくお客さんの来店だ。私は「いらっしゃいませ」と声をかけて立ち上がった。

入ってきたのは若い女性。てっきり葵くん目当てにたい焼きを買いに来たのかと思ったら、彼女は横に曲がって商品棚のほうに進んだ。

今日の都心は冷えているというのに、彼女は薄手のブルゾンと短いスカート。そこから伸びる足はすらりと長い。ロングブーツを履いているが、それにしても寒々しい姿だ。

ドアの段差をまたぐ時、少しバランスを崩していた。驚くほどヒールが高い。ほとんどピンヒール。ロングブーツでこれはかなり歩きにくそうだ。

「どうぞ、ゆっくり見ていってね」

祖母が声を掛けた。私に対する時とはガラリと違う優しい声。久しぶりに入って来たお客さんに、祖母も浮かれている。

彼女は時計と逆回りにゆっくり店内をたどった。棚に並んだ品物を吟味するように、左右に視線を送りながら、ゆっくりと歩みを進める。

私も祖母もそれとなく彼女の動きを目で追っていた。果たして彼女は何を求めているのかと、はやる気持ちを抑えている。

半周ほど店内を回った彼女がようやく足を止めたのは、天然石のアクセサリーが並ぶ棚だった。彼女は気に入ったものを見つけたのか、そっと手を伸ばした。

「『クラブ里子《りこ》』のサユミのだね」

祖母が私にだけ聞こえるように言った。

「リコ？　サユミ？」

「あの棚に並んでいる品物だよ。『クラブ里子』は数寄屋通りの店だ。小さいけど、固い常連客が付いている。ママがしっかり者でね、女の子もいい子が揃っている。サユミはその子だ。アクセサリー作家を目指していて、いずれは自分のハンドメイドショップをやりたいそうだよ」

「おばあちゃん、応援しているの？」

「作ったものを並べてやっているだけだよ」

私もすっかり気に入ったあの段の品物は、すべてサユミさんの作品らしい。

私もそういう品物を探したかった。誰かが心を込めて作った品物。そういう作家は日本各地にたくさん埋もれている。伝統的な雑貨を今風にアレンジしたものから、まったく新しいクリエイティブなものまで。働いていたのは輸入雑貨店だったけれど、いつかはもっと商品の幅を広げて、ダイヤモンドの原石のように埋もれている素敵な品物に日の光を浴びせたかった。

でも、私にはできなかった。そこまでの発言力を持てなかったし、そんな商品はあの会社では求められていなかった。

女性客は真剣にアクセサリーを選んでいる。

私もサユミさんの作品が好きだ。どれもいい。天然石にもピンからキリまであるが、彼女の作品は、小粒で手に取りやすい価格のものを使っている。有楽町《ゆうらくちょう》あたりのファッションビルにでも並べればかなり売れそうだ。

今はＳＮＳなどでいくらでも作品を紹介できるけれど、実物を手に取りたいというお客さんは案外多い。それに、銀座の老舗雑貨店「ちぐさ百貨店」を訪れるお客さんは、それなりに目利きなのではないだろうか。目に留まれば、駆け出しの作家にとっては自信になるに違いない。

ロングブーツの彼女は、グリーンの石のついたピアスを手のひらに載せ、矯《た》めつ眇めつ眺めている。これはお買い上げかな。そう思った時、彼女はピアスを棚に戻してしまった。

ああ。思わず失望に似たため息が漏れる。

次に彼女は同じ棚の下の段に手を伸ばした。

そこにも様々なアクセサリーが並んでいる。ピアス、イヤリング、ネックレスにブローチ、男性用のネクタイピンやカフスボタンもある。ようは細かい装飾品をまとめているのだ。素材も色々で、天然石もあれば、ガラスにビーズ、とんぼ玉もある。

「サユミじゃなかったか……。最後に手に取ったアベンチュリンのピアス、値段も手ごろだし、気に入ると思ったんだけどね」

声をひそめて祖母が言う。

女性客は一歩横に移動し、隣の棚の前で立ち止まった。

今度は美しい刺繍が施されたがま口のお財布やポーチを手に取る。この棚にも様々な品物が置かれている。色鮮やかな飾り紐《ひも》、やわらかい革のバブーシュ、この季節に嬉しいボア素材のルームシューズ。国も用途も様々な、でも、なぜか手に取りたくなるような品物ばかりだ。その後ろにはクッションやベッドカバーなど、わりと趣味のいいファブリック類が揃っているのだが、そちらには興味がないらしい。

彼女はひとつひとつ手に取ってじっくりと眺めている。時には指先で何度もなぞり、感触を確かめる。ああ、この人はちゃんと「好き」な人だと分かる。こだわりがあって、自分の「好き」がハッキリしている。その基準がちょっと高め。納得したものしか絶対に買わないタイプだ。手ごわい。

祖母も彼女から目をそらさない。祖母の選んだ品物と、彼女が心を惹かれる品物。それがうまくマッチするのか、これは戦いのようなものでもある。

表参道のショップでは、私もこうやってよくお客さんの動きを追っていた。私が選んだ品物を手に取ってもらえますようにと祈っていた。でも、なかなか手に取ってもらえずに、人知れずため息を漏らした。

売れていく物はいつも同じ。たいていが大きなスペースを確保され、誰もが持っている大量生産の品物ばかりだった。一時のブームだと分かっているのに、みんながそれを手に入れたがる。そのことにいつも私は失望した。みんなと同じでいいの？　何度もそう思った。でもそういう品物ばかりが売れる。それが現実だった。

彼女はぐるりと店内を一周すると、最後はサユミさんのアクセサリーの棚に戻った。

その間に、新しく女性の二人組が来店した。

私よりも若干年上の五十代くらい。これから観劇にでも行くのだろうか。一人は着物、もう一人は上品なコートに身を包み、華やかな装いをしている。

彼女たちは食器類の置かれた棚の前で足を止めると、肩を寄せ合って、猫の形の箸置きを選んでいる。こういう時の表情は子どもも大人も変わらない。可愛らしい物に夢中になって目が輝いている。

二人はそれぞれ、違うポーズの猫の箸置きを持ってレジに来た。着物の女性は四つ、コートの女性は三つ。彼女たちの家族構成まで想像できてしまう。かさばらないお土産をバッグに入れた二人は、仲良さそうに微笑み合って出口に向かった。

ご婦人たちを入口まで見送り、番台に戻ってもロングブーツの女性客はまだアクセサリーの前から動いていなかった。

彼女の真剣な目を見て気づく。箸置きを選んでいたご婦人たちの表情とはまったく違う。好きなものを選んでいるはずなのに。

祖母がふいに立ち上がった。この三日間、お手洗いに立つ以外はほとんどソファの上から動かなかった祖母が、ヨイショ、という感じでソファを下りると、横に立てかけてあったステッキを握る。

「あ」

あのお客さんは、きっと店員に勧められるよりも、自分で納得がいくまで選びたいタイプだ。そう直感して呼び止めようとしたけど、祖母はステッキを突きながらゆっくりと彼女のほうへ向かっていく。

「お客様、お悩みですか」

祖母は極上の笑みを浮かべて女性客に声をかけた。

彼女は肩を跳ね上げた。品物を選ぶことに夢中で、祖母が隣に来たことにもまったく気づいていないようだった。

祖母はにっこりと微笑みかけた。

「ウチはね、たい焼きも名物なの。ちょっとひと休み、どうだい」

「たい焼き……」

「美味しいよ」

「ここで食べられるんですか」

「もちろん」

「いただこうかな……」

彼女はおとなしく祖母に従って、暖簾の前のベンチに座った。

スカートとブーツから覗く素足の膝をこすり合わせた彼女を、祖母はチラリと見る。

「お茶は？　熱いお茶とセットで六百円だよ」

「……お茶もお願いします」

「葵、セット一丁！」

すかさず祖母は暖簾の向こうに声を張り上げた。

しばらくしてカタンと型をひっくり返す音がする。暖簾をくぐって出てきた葵くんに、彼女は目を見張った。そりゃそうだろう。おばあちゃんとおばさんが店番をする雑貨店の奥でたい焼きを焼いていたのは、繊細な印象の青年だったのだ。

葵くんはお盆を彼女の横に置くとすぐに暖簾の奥へ戻ってしまい、彼女は揺れる暖簾をぼんやりと眺めていた。

「さぁ、熱々が一番だよ」

祖母に急かされ、彼女は「はいっ」と竹製のざるに載せられたたい焼きに手を伸ばした。見事なネイルの施された作り物みたいに綺麗な指。たい焼きを摑《つか》もうとして「熱っ」と手を離してしまう。

「ほら、これを使って」

祖母はどこからか懐紙を取り出して彼女に渡す。ワンピースのポケットにでも懐紙入れを忍ばせていたらしい。

彼女は受け取った懐紙でたい焼きのお腹のあたりを包むと、そのまま持ち上げて口元に持っていく。

「うわぁ、本当に熱々……」

初めて彼女の顔に笑みが浮かんだ。「餡子も甘すぎない。美味しい……」

「そうだろう」

自分で焼いたわけでもないのに、祖母はすっかり上機嫌だ。

たい焼きを半分まで食べ、熱いお茶を口に含んだ彼女の表情には、先ほどまではなかったやわらかさがあった。たい焼きでほどけたのだ。

「寒かったでしょう」

祖母の目が、彼女の膝を優しく見下ろしている。

「寒いし、歩きにくいし、実は今、座れてホッとしている」

彼女は無邪気に笑った。

「やっぱり歩きにくいんだねぇ」

祖母の目は、彼女のブーツの細くて高いヒールをまじまじと見つめていた。

「歩きにくい。バランスも取りにくくて、駅の階段でいつもおっとっとってなる。あと、結構、溝にハマる」

「そりゃ、難儀だね」

「でも、可愛いよね。カッコイイ。背筋が伸びるんだよ。自分に自信が持てる」

「そういうものを、探しに来たの？」

祖母が優しく問う。

彼女は餡でぷっくり膨れたたい焼きのお腹を齧りながら頷く。

「どういうものが欲しいんだい」

「私にも、教えて」

思わず私も身を乗り出した。

こうやってお客さんと話をする祖母を昔から見てきた。次から次へとお客さんの要望を引き出していく祖母を、幼心にすごいなぁと思っていた。祖母の横にちょこんと座る私は、そんなお客さんにも可愛がってもらったのだ。

「よかったら私も相談に乗ります。私、雑貨店でずっと働いていたの。バイヤーもしたことがある。長さでいったらこのおばあちゃんには敵《かな》わないけど」

「へぇ。バイヤー。楽しそう」

彼女の湯飲みが空になっているのに気づき、祖母は暖簾の奥に声をかけた。

「葵、お茶のおかわり」

葵くんがお盆に載せて持ってきたのは、なみなみとお茶が入った大きな急須《きゅうす》と、新しい三つの湯飲みだった。

「お茶のおかわりは無料だよ」

「じゃあ、相談に乗ってもらおうかな」

熱いお茶を飲んだ彼女は、緊張を解いた様子で湯飲みを置いた。私たち三人の空間がすっかりでき上がっていた。

彼女は水嶋野乃《みずしまのの》さんと名乗ると、するすると語りだした。

きっと語りたかったのだ。誰かから、「聞くよ」というのを待っていたみたいに。

分かる。私も退職後の半年間は、家に籠ってほとんど誰とも言葉を交わしていなかった。そのせいか、何かの拍子に話し出すと止まらなくなった。たとえば歯医者さんの受付。診察券を取り出した私の財布を「可愛いですね」と言ってくれた受付のお姉さんを相手に、自分を制御できなくなった。

「ですよね、これ、ハンドメイドらしいです。ここ。ここの金具がちょっと他では見ない形で、一目惚《ひとめぼ》れだったんです」

「色もいいですね」

「そう、この色もあまりないですよね。私、この色が好きなんです。だから、もうこの子、手に入れなきゃって、感じで」

「そう言えばコートも同じ色ですね」

たまたま趣味の合う相手でよかったものの、これでは町中の病院で、いつまでも世間話をやめないご老人と変わらない。

話し出した時の彼女の様子は、まるでその時の私と同じだった。

私たちは彼女の話を聞きたかった。話を聞いて、彼女にぴったりの品を見つけてあげたかった。話したくても話せないことは誰にでもある。もしかしたら、今、彼女が語ろうとしていることはそういう話なのかもしれない。

「別に、これを買おうという目的があってこのお店に入ったわけじゃないんです。何か素敵なものがあればいいなって、そんな感じです。私、ちょっとでも気になったお店があると絶対に入ります。だって、お店に入らなきゃそういうものと出会えないじゃないですか。それはもったいないというか、チャンスを逃しているというか。だから気になったお店は、絶対に覗いてみることにしているんです。ここには初めて来ました。そこの角にカフェがありますよね。お洒落なカフェ。時々、行くんです。テラス席でカフェオレを飲みます。でも、今日は混んでいました。入れなかった。だから角を曲がってみたんです。そしたら、『ちぐさ百貨店』がありました。百貨店。なんかレトロでかわいい。それに軒下のランプが素敵ですよね。入るのは、ちょっと勇気がいりましたけど」

彼女はよどみなく語った。

時々、食べかけのたいやきを齧る。

「アクセサリーを探しているの？」

「アクセサリーじゃなくてもいいんです。ただ、なんていうか、見える部分に使えるものがいいなって。見た目って大事じゃないですか。だから、興味があるのはファッション雑貨です。置物とかマグカップとか、そういうものはかわいいなって思うけど、ほとんど買いません。お金を使うのはとにかくファッション雑貨。ほら、お洋服よりも、小物のほうが手軽に買えますから」

「さっき野乃ちゃんが手に取ったアクセサリー、あったでしょ」

「天然石、素敵ですよね。可愛いのがたくさんありました。あれ、手作りですよね」

「そうだよ。サユミって子が作っている。昼も夜も外で働きながら、せっせと作っているんだ。いったいいつ作っているんだろうかねぇ。それくらい作るのが好きなんだよ。新作ができると嬉しそうに持ってくる。全部一点物だって、自慢げにね」

「やっぱり、一個だけしかないんですね」

野乃さんの顔が少し陰った。一点物。てっきり彼女のような子は、そういう品物のほうが喜ぶような気がしていた。

祖母は立ち上がり、さっき彼女が手に取ったピアスを持って戻ってきた。

「アベンチュリン、翡翠《ひすい》にも似た緑の綺麗な石だね。落ち着いた感じが大人っぽい。野乃ちゃんにもよく似合うよ」

　祖母は彼女の耳元にピアスを持っていく。

「綺羅、鏡！」

　私は急いで近くにあった手鏡を渡す。もちろん売り物だ。柄のついた鎌倉彫りの渋い手鏡だった。野乃さんは手鏡を握り、ちょっと顔を横向けて耳元に当てたピアスを確かめる。

　今日の彼女の耳元を飾っているのは、シンプルな一粒パール。ちょっとエレガントなデザインが好きなのかもしれない。

「あ、本当だ。可愛い」

「ちょっと地味だと思ったでしょう」

「そんなことはないです」

「サユミが言っていたよ。これが似合うのは色が白くて、黒髪の子。髪は長くても短くても、耳が出ている子がいい。きっとその子の持つ力をもっと輝かせてくれるってね。まったく、客を選ぼうとするなんて、偉そうな子だよ」

「でも、分かります。たぶん、その人は誰かが身に付けたイメージで作っていると思うから」

「そういうものなの？」

　自分ではあまりアクセサリーを付けない私は野乃さんに訊ねた。

彼女は「そうですよ」と頷くと、少し声を落とした。

「……私、ちょっと苦い思い出があるんです。ほら、出かけた先で、自分と同じ服を着た人を見かけると、ちょっと気まずくなりませんか」

「ああ、あるね」

「私、かなりの田舎町で育ったんです。買い物と言えば、どの家も車で三十分かかる隣町の大きなショッピングセンターに行きます。町にも小さな商店街みたいなのはありましたけど、どのお店もパッとしなくて。お洋服屋さんのメイン商品はお年寄りの服と地元の学校の制服や体操着という感じ。だからみんなショッピングセンターに行くんです。食品、日用品、衣類に家電、小さいけど本屋なんかも入っているから、週末に家族で行けば半日は楽しめます。子どもの頃はそこに行くと、クラスメイトにしょっちゅう会いました」

「みんな同じところで買い物をしているってことね。つまり、自然と被《かぶ》っちゃう」

「そうです。特に人気のキャラクターがプリントされた服なんかはみんな着ていました。本人はそれを着て、お姫様やヒーローになったつもりでいても、そんな子がそこら中にいるんです。何だか滑稽《こっけい》ですよね」

「本人がよければいいんじゃない？」

「いえ、そこは小学生ですから。オマエには似合わない、とか、始まるわけです」

野乃さんは声を落として続けた。

「……クラスに一人、お洒落な子がいたんです。かわいかった。かわいいというのは顔じゃなくて恰好《かっこう》です。その子は一年生の時に東京から転校してきた子でした。その時から他の子とは明らかに雰囲気が違いました。みんながトレーナーやTシャツを着ていても、彼女はブラウスにスカート、レースの付いた真っ白な靴下。キャラクター物を着ているのは見たことがありません。お父さんが製薬会社に勤めていて、私の町にあった研究所というか、工場に転勤になったらしいです。東京には親戚《しんせき》がいて彼女の衣類は送ってもらっていたみたい。たぶん本人がどうのっていうよりは、彼女の両親や親戚が、どうせ地方にはロクな店がないからって、デパートで買った服を送っていたのでしょうね。実際、田舎町の子どもの家庭よりもずっと裕福だったんだと思います」

「それで？　その子はどんな子だったの？」

「浮いていました。何だか近寄りがたい感じがしたから。でも彼女、本当は私たちみたいに、ショッピングセンターで買った服が着たかったんだと思うんです。一人だけ違うのって、何だか居心地が悪いじゃないですか」

「その子、いじめられていたわけじゃないのよね」

私も信州《しんしゅう》の出身。野乃さんの語る地方の買い物事情も、学校の様子も想像がつく。どの学年も一クラスだったから、自然と結束も固かった。

野乃さんは頷いた。いじめの話ではないと分かり、少しホッとする。

「私、彼女と友達になりたかったんです。東京の話を聞きたかった。原宿《はらじゅく》とか渋谷、やっぱり地方の子どもには憧れなんです。だから彼女にあげたんです。キャラクターがプリントされたトレーナー。仲良くなるきっかけになればと思って」

雑誌やネット、テレビを通して、都会の様子はいくらでも情報として目に入ってくる。そこを日常として暮らす都会の子どもと、山と森と湖を毎日眺めている自分ではあまりに違うと私も感じたことがあった。長い休みのたびに銀座を訪れていた私は、よけいにそれを実感して育った。

「そのトレーナーは母が買ってくれたんです。野乃はこういうのが好きだからねって。一緒に買い物に行っても、いつも勝手に決めちゃう。私、本当はみんなと同じ物なんて着たくなかった。学校にたくさんいますから。本当にそのキャラになりきっている子もいて、バカみたいって思っていました。そういう子に限って、私にオマエには似合わないって言うんです」

野乃さんの声に力が籠り、たい焼きを持つ手が震えていた。

「大人の母は、そういうのが全然分からないんです。みんなと同じでも、好きなんだからいいだろうって。子どもなんて、その時々で夢中になるものが変わるじゃないですか。なのに、同じ物を好きなままだって決めつける。だから私、そのトレーナーを一度も着なかったんです。母は大事にしまってあるんだって思っていたみたい。私、食べ物でも好物は必ず最後まで残しておくタイプだったから。きっとお出かけの日とか、特別な時に新しい服をおろすんだろうなって、母は勝手に思っていたみたいです」

「そのトレーナーをあげたの？」

「はい」

「どうだったの」

「とっても喜んでくれました。意外なくらい。やっぱりこういうのが着たかったみたいです。彼女、代わりにレースの襟のついた真っ白なブラウスをくれました。もちろんどちらも親には内緒です。交換したんです。それを見た親がどう思うかなんて、私たち、全然考えなかった。相手が喜んでくれて、自分も欲しい物が手に入って、とにかく浮かれていたんです」

「それで？」

「それからすぐ、私の誕生日がきました。その日は家族でショッピングセンターに行く予定でした。誕生日の定番です。プレゼントもケーキも夕食のご馳走の材料も、なんでもそこで手に入りますから。きっと母は、いよいよ私が新しいトレーナーを着ると思ったんでしょうね。でもその朝、私は交換したブラウスを着て居間に行きました。照れくさいというか、ドキドキしました。襟にレース。お姫様がプリントされたトレーナーよりも、よっぽどお姫様みたいです。こんな服は小学校の入学式くらいでしか着たことがなかったから、かわいいって言ってもらえると思ったんです。キッチンにいた母は、私を見て目を丸くしました。でも、期待とは違う反応でした。野乃、その服、どうしたのって大声で言われて、体がすくみました」

「あらら」

思わず声が漏れる。祖母もそっと息をついていた。

「まぁ、小学生の服はたいてい親が選んで買ってあげているから、見慣れない服を着てきたら驚くだろうね」

野乃さんは口元を歪めて続けた。

「よからぬことをしたんじゃないかって疑われたんです。ちょうどその頃、学校の売店や近所の駄菓子屋で、ちょっとした万引き事件があったんです。消しゴムとか、アメ玉一個とか、ゲーム感覚でやっている子がいるってPTAで大問題になっていて」

「消しゴムでもアメ玉一個でも盗みはダメだよ。物を手に入れるには対価が必要だ」

「そんなことはよく知っています。それに、私はトレーナーとブラウスを友達と交換したんです。もちろん実際の値段には差があったと思います。でも、お互いに欲しい物を手に入れた。何がいけないんですか？　母に詰め寄られて、私は泣きながら説明しました。私、悪いことしたとは思いませんでしたけど、母の反応がショックで号泣したんです」

「せっかくの誕生日なのにね……」

「母はすぐにブラウスを着替えさせて、一緒にその子の家に返しに行きました。やっぱりそのブラウス、母が見てもかなり高価なものだったんでしょうね。着替えさせられた私は、結局、ショッピングセンターで買ったプリント物を着ていました。そこで気付きました。そう言えば、私と交換した彼女はあのトレーナーを着て学校に来たことがなかったんです。あんなに喜んでいたのに。せっかく欲しかった服が手に入ったのだから、普通は見せびらかしたくなるじゃないですか」

興奮した彼女は、そこで少し呼吸を整えた。

「彼女の家に行って分かりました。あのトレーナー、すぐに母親に見つかって、捨てられちゃったそうです。たぶん彼女のお母さんは、そのキャラクターを知らなかったと思います。ただ、プリント柄や素材を見て、安っぽいと思ったみたい。だから、ブラウスを返しした私には何も戻ってこなかった。私の母が理由を説明すると、そこで初めて恐縮したように、弁償します、おいくらですかと訊ねました。母は断ってから私の手を引いてその家を出ました。私にははっきり見えました。彼女のお母さんが財布から出そうとしたのは一万円札だったんです。母もきっと見たのでしょう。トレーナーの値段なんて、とても恥ずかしくて言えるはずがありません。私も母も、何だかすごくみじめな気持ちになりました」

「苦い思い出ね」

野乃さんは冷めたお茶をすすった。

「今年になってその子から手紙が届いたんです。私も実家を出ているから、正確には実家に届いたんですけど、母がとっておいてくれて」

私も同窓会の案内などはすべて実家に届く。十八年ぶりに祖母が私に連絡をよこしたのも、実家の父を通してだった。

「手紙には何て書いてあったの」

「ひたすら『ごめんなさい』ですよ。あの頃は小さい子どもでしたからね、胸の中には色んな気持ちが溢れているのに、それを言葉にすることができなかった。私も、彼女もです。でも、癒《い》えない傷になって心の片隅にずっとひっかかっていました。きっと母は、そんな子どもの頃のことは覚えていないだろうって思っているかもしれません。でも、あの時のモヤモヤッとした嫌な気持ちは、ずっとモヤモヤッとしたまま、今も時々思い出して苦い気持ちになるんです」

「すごくよく分かるよ、野乃さん。嬉しいことも、嫌なことも、ずうっと忘れられないよね。小さい頃のことだって、コトによっては最近のことよりもずっと鮮明に覚えていたりするのよね」

だからそれに囚《とら》われて、なかなか前に進めない。

「でも、手紙はおまけみたいなものでした」

「どういうこと？」

彼女は手を差し出した。何本かの指にリングが煌めいていた。ひときわ目立っているのが左手の人差し指のものだった。透明なガラスのように見えるレジンの中に淡い紫の小花が閉じ込められている。

「この大きなガラス玉のついた指輪。これが同封されていました。彼女の手作りです。彼女、自然素材を閉じ込めたレジンの作品を作っていて、結構人気があるみたい。彼女とお揃いですって」

「素敵ですね。ガラスとゴールドのリングの組み合わせもいい。へぇ、お揃いですか」

野乃さんは微笑んだ。

「そう。彼女、子どもの時も本当はみんなとお揃いが着たかったみたい。地方の学校で、東京からの転校生。やっぱりちょっと浮くんです。雰囲気が違う。東京では友達がたくさんいたのに、転校先の学校では馴染めなくて、彼女もつらかったみたい。外見って大事ですよね。服装も記号みたいなもので、自分と気が合いそうか、違うタイプの人間なのか、外見で判断することが多い。私、成長して、そういうのをますます実感しました。だから、彼女の気持ちがよく分かったんです。もし彼女の母親が、郷に入っては郷に従え、という感じで、同じような場所で同じような服を買う人だったら、彼女ももっと普通にクラスに馴染めたと思うんですよね。かわいそうだった。だから、きっと彼女にとっては私だけが分かり合えた存在だったんです。でも、友達と呼べるところまではいかなかった。私がいつまでもあの時のことを苦い記憶として忘れられなかったように、彼女も同じだったんだと思います」

彼女は指輪を見下ろして微笑んだ。

「手紙には、あの時返せなかったトレーナーの代わりに、と書いてありました。ずっと気にしていてくれたんでしょうね。こんな素敵な指輪、トレーナーの代わりどころじゃありません。彼女が作ってくれた、どこにも売っていないものなんですから。だから、私も何か彼女とお揃いで持ちたいって思ったんです。さすがに自分では作れませんから、よそでは売っていないようなものを探していたんです」

だからわざわざ裏通りの「ちぐさ百貨店」に入ってきたのだ。

「サユミの作品は全部一点物だよ。石はちょっとずつ色味も違うしね」

「そうですよね。どれもひとつずつしかなかった。さっきの素敵なピアスも……」

「だからずっと棚の前で同じピアスがないかって探していたのね」

「違う石じゃだめなの？　石違いの同じデザインならいくつかあっただろう。さっきのアベンチュリンは本当によく似合っていたよ。お友達はどんな雰囲気？　その子に合うのを野乃ちゃんが選ぶなんてどうなんだい」

「……同じがいいんです。彼女、今、クリエイターとして頑張っているんです。応援したい。私も服飾系の専門学校に通っています。同じ物を身に付けて、一緒に頑張りたいんです。二人ともファッションに関《かか》わる道を選んだのは、もしかしたらあの出来事が影響しているのかもしれない。私、久しぶりに会おうって連絡をするつもりです。その時にお揃いのアクセサリーをプレゼントしたくて……」

「頼んでみようかねぇ」

「え？」

「サユミだよ。同じ物は作らない、一点物だ、なんて言っているけど、どうしても欲しいお客さんがいれば話は別だろう。その作品に惚れ込んだってことだからね」

「いいんですか」

　祖母は大きく頷いた。

「今の話、そっくりサユミにしてあげるよ。サユミもね、遠い地方からこっちに出てきているんだ。まぁ、サユミは作るだろうね。自分の作品が褒められて嬉しくないクリエイターはいない。アタシもずっと惜しいと思っていたんだ。良い品は良いからね。世の中にひとつしかないから価値があるってわけじゃない。もちろんそういう物もあるけれど、誰にでも認められて初めて価値が出る物もある。アタシはサユミの作品はそういう物だと思っている。ようは応援しているのさ」

「ぜひお願いしてください。何なら私が自分で行きます」

「いいよいいよ、お願いしておく。アタシは顔がきくからね」

祖母は真っ赤な唇で嫣然《えんぜん》と笑った。

野乃さんの連絡先を訊いておくように言われてメモを取る。

祖母は一仕事終えたというように、ゆったりとお茶をすすっていた。

小学生の頃の苦い思い出が、彼女たちの人生に大きな影響を与え、目指すべき未来を見つけることができたのだ。ぜひサユミさんのピアスで彼女たちを応援したい。

野乃さんは、最後まで残っていたたい焼きの尻尾を口に入れた。

「すっかり冷めちゃったでしょ」

「ちぐさ」のたい焼きの生地は薄く、冷めてもモッサリすることはないけれど、やっぱり温かいほうが美味しい。

野乃さんが「えっ」と目を見開いた。

「尻尾に何か入っていますね。何だろう、これ」

冷めた餡の中では、秘密の塩昆布も炊きたてのようにやわらかくはない。けれど、溶けだした旨みはしっかりと残っている。

「何だろうねぇ。よそにはない、ウチのオリジナルだからね」

もったいぶって祖母が笑う。野乃さんはしきりに考えているが、たい焼きはもうお腹の中だ。

「そうだ。今日はピアスと一緒に、たい焼きも買って帰ります。もう一度食べて秘密が何なのか、確かめてみなきゃ」

「ピアスは取り置きでいいよ。お揃いのができた時でいいんじゃない？」

「いえ。可愛いから、すぐに使いたいなって」

「ありがとうございます」

祖母がにっこりと笑った。

私は葵くんにたい焼きを頼むと、番台に上って会計をした。

「絶対に電話くださいね。でも時々、私も顔を出します。このお店、見ているだけでも楽しいから。たい焼きも美味しいし……」

「ありがとう、お友達にもよろしくね」

「はい。今さらですけど、親友になれると思うんです。彼女も今はこっちにいますから。好きなものが同じ相手がいると、楽しいですもんね。あ、そういえば……」

野乃さんはお釣りを受け取りながら、扉のほうを振り向いた。

「入口に、鯛の形の型が飾ってありましたよね。もしかしてアレ、たい焼きの型ですか」

祖母は吹き出した。

「違う、違う。木の型じゃ、焼いたら燃えちゃうだろう」

「ああ、そうか」

「あれは和菓子の型だよ。近くには他のもあったでしょ。梅の花に菊の花、松、亀《かめ》、米俵。

季節感のあるものや縁起物が多いね」

「ずいぶん古そうでしたよね」

「ずっと昔、近所に和菓子屋があってね。鯛は祝い菓子の型、小さいのは干菓子の型だよ。でも後継者がいないって、店を畳んだんだ。その時に譲り受けたんだよ。こんな商売をしていると、この界隈で馴染みの店主たちが色んなものを持ち込んでくる。昔は今ほどリサイクルなんて盛んじゃなかったしね、ほとんどタダでありがたくいただいた。みんな、思い入れのある道具を捨てるに忍びないのさ。大切な商売道具には、長年の思い入れがあるだろうからね」

「へぇ。たい焼きとは全然関係なかったですね」

照れくさそうに野乃さんが笑うと、祖母は首を振った。

「関係なくはないよ。大ありだ」

「そうなの？」

私は思わず声を上げた。今朝の葵くんの言葉がずっと心に引っかかっていたのだ。

私にとって「ちぐさ」のたい焼きは物心ついた時からすでにあったもので、その起原など考えたこともなかった。

葵くんが野乃さんのたい焼きを持って出てきた。

まだ熱々で、すぐに袋の口を閉じれば蒸気でたい焼きがふやけてしまう。

「どれ、ちょっと昔話をしようかね。その木型は、何十年も前から『ちぐさ』の店先に飾っていたんだ。鯛は縁起がよさそうだから、招き猫みたいなものさ。そこに小学校があるだろう。昔はこのあたりも今よりずっと人の暮らしがあった。今は下校時間になると親が迎えに来たりもするけど、あの頃は小さい子たちが、このあたりをウロウロしていたね」

祖母は昔を懐かしむように目を細めた。

「娘がまだそこの小学校に通っている頃だよ。男の子が来たんだ。『たい焼きください』ってね。お小遣いを握りしめていた。さっきの野乃ちゃんと同じで、子どもには木型も金型も分からない。鯛の形の型を見て、たい焼きを売っていると思ったんだろうね」

当時の「ちぐさ百貨店」の品揃えは、いつの間にか持ち込まれて増えていったガラクタを除けば、明らかに銀座で働く女性を当て込んだ品物が多く、祖母はちょうど新たな商品を加えたいと考えている時だった。

だからこの男の子の言葉にヒントを得たのだ。

何よりも、少年のまっすぐなまなざしが印象的だった。

思いついたらすぐ行動に移すのが祖母だ。老舗のたい焼き屋に頼み込んで、しばらく通って焼き方を教わり、狭い台所も工事をして準備を整えたという。最初はたい焼きの餡も老舗の和菓子店から分けてもらっていたそうだ。そこは銀座。何でも揃っている。

「ちぐさ」のたい焼きは、いつの間にか子どもから大人にまで広がった。

塩昆布を尻尾に隠したのは、子どもたちのあっと驚く顔を見たかったかららしい。

私にとってはすべてが初めて聞く話だった。

きっと祖母は、葵くんにこんな話を聞かせながら、「ちぐさ」のたい焼きを伝えたに違いない。今では、餡も、タネも葵くんが仕込み、一日にいくつものたい焼きを焼いている。

「うわぁ、まさにこの鯛の木型が始まりだったんですね」

野乃さんが感激していた。

「そうだよ。今では買いにくるのは大人ばかりだけどね。すっかり評判になったおかげで、餡も自分で炊くようになった。そんなに大量の餡はうちでは炊けないって、和菓子屋に泣きつかれてね。その時に秘伝の餡を教えてもらったのさ。さぁ、もう湯気も収まったね。たい焼き、温めて食べるんだよ」

葵くんが袋の口を折って手渡すと、野乃さんはしっかりと両手で受け取った。

私と葵くんでドアの外までお見送りをした。

それから振り向いて、ドアの正面に置かれた鯛の木型に触れた。桜材の木型に鮮やかに彫り込まれた鯛の形は、深い色目のほかは古さを感じない。

「……初めて聞いたよ。子どもの頃からずっとこれを見てきたのに」

「物には何だって歴史がある。その木型を使っていた店は、とっくの昔になくなってしまったけれど、違う形で今も銀座には鯛が残っている」

「うまいことを言うね」

「そういうのが楽しいんだよ。大切な物はずっと大事にしていかなきゃいけない」

「そうだね」

「いいだろう、久しぶりの『ちぐさ』も」

祖母はじっと私を見つめた。祖母の目は色素が薄く、茶色く澄んでいる。その透明感のある目が私は昔から大好きだった。自分の真っ黒な目とは違って羨ましかったのだ。

幼い私がいくつもある天然石の中から、なぜ猫目石にあんなにも惹かれたのか。

それは、祖母の目と同じ色をしていたからだ。

「アンタは昔から人の顔色を窺ってきた。小さい頃から『ちぐさ』でたくさんの大人を見てきたせいかもしれないね。可愛がってくれそうな客、子どもが嫌いそうな客、アンタはちゃんと分かっていただろ？　そのまま成長したらさぞ生きづらかっただろうね。相手が自分をどう思っているかなんて考えながら生きるのは大変だよ」

その通りだった。仕事で何も実績を残せなかった私は、いつも会社のお荷物のように自分を感じてきた。年齢を重ねるにつれ、ますますその思いは強くなった。自分の価値など下がっていくばかりだと失望もした。もっと鈍感だったらいいのにとどれだけ思ったことだろう。

祖母は相変わらず私の目を見ている。私も目を逸らせない。澄んだ瞳に吸い込まれそうになる。

「ここで伸び伸びやるといい。自分がいいと思ったものを、自信を持ってお客に勧めるんだ。お客も気に入ってくれればこんなに嬉しいことはないよ。自信もつく。アタシはそうやって店を大きくした。いや、たいして大きくはしていないが、ちゃんと商売をやっていけている」

まさか祖母が、ここまで私のことを理解してくれているとは思わなかった。私以上に私のことを分かっているかもしれない。急に目の奥が熱くなる。鼻の奥がキュウッと痛くなる。でも、こらえた。

「それに、アンタなら分かるだろ。大切な物は、同じように大切にしてくれる相手にずっと大切にしてほしい」

「それって、このお店のこと？」

祖母は口元を緩める。

「でも、さすがにアンタ一人じゃ荷が重いだろ。だから葵がいる。アタシは葵のことも信頼しているんだ。葵は立派なたい焼き職人だよ。実家が月島のもんじゃ焼き屋だからだろうかね。真剣に商売をする。客を喜ばせる。そのどっちも良く分かっている。だから、二人で頑張っとくれ」

葵くんが表情を引き締めた。

祖母はちゃんと私を理解してくれていて、私に店を継がせる準備を整えていたのだ。そのことが何だか切なく、素直には喜べない。

葵くんも私もぼんやりしていると、祖母は勢いよく両手を打ち鳴らした。

「さぁ、そうと決まれば、今夜は行くよ」

「行くって、どこに？」

いつでも祖母は自分のペースだ。自分だけ満足して、周りを置いてけぼりにする。

「さっき野乃ちゃんと約束しただろう。サユミにお願いするって」

「えっ、数寄屋通りのクラブって言ったよね。サユミ、クラブなんてさすがに……」

「福ちゃんのバーだよ。サユミも常連だ。サユミ、昼間は派遣で会社勤めだから、真夜中まで働いているわけじゃない。たいてい福ちゃんのところでビールを一杯飲んでから帰るんだ」

「あ、なるほど。ビールバーね」

ちょっと拍子抜けする。でも、いいかもしれない。私もサユミさんに会ってみたい。だってこれからは私が商売相手になるかもしれない。もっとこの界隈のことを知りたい。祖母に教えてもらいたい。

「葵も一緒だからね。自転車は置いて帰るんだよ」

「バーはいいけど、自転車がないと朝が面倒だなぁ」

「何言ってんだ。今夜はアタシをしっかり送って行きな。それに、たまには飲んで帰ったほうがそれっぽいだろ」

「まぁ、確かに」

葵くんが頷く。何がそれっぽいのか分からないけど、葵くんとも打ち解けるいい機会かもしれない。

四十歳から新たな人生を見つけます！

新しい世界に船出します！

送別会での威勢のよい言葉を思い出す。

確かに私は今、新しい世界に船出したのだった。

第二話　銀座のたい焼きとヴィンテージ看板

十二月の半ば過ぎ、銀座《ぎんざ》の街はことさら賑《にぎ》わっていた。

いよいよクリスマス目前。行き交う人々はみんな大きな紙袋をぶら下げている。誰《だれ》かへのプレゼントなのか、自分の買い物なのかは分からない。けれど、たいていが幸せそうな顔をしているから、昼食の買い出しに出た私まで楽しくなる。そうそう外食をするわけにはいかないし、最近はどこの店も混んでいて、並ばないと食事にもありつけない。だから、葵《あおい》くんや祖母の分も買って帰る。いつの間にか、それが私の役割になっていた。

ここ数日、「ちぐさ百貨店」はたい焼きよりも雑貨がよく売れていた。やはりプレゼントシーズンなのだろう。祖母は上機嫌で、葵くんはちょっと物足りなそうな顔をしている。

そんなある日。開店から二時間ほど経《た》って「ちぐさ百貨店」に現れた祖母は言った。

「ここに入ろうと思っているんだ。先に荷物を整理したいから、手伝ってくれないか」

手渡された封筒を受け取ると、中に入っていたのはなんと介護付き有料老人ホームのパンフレットだった。

祖母は帽子を脱ぎ、さも当然というように私にコートを差し出す。ギョッとしている私にはお構いなしだ。受け取ったフェイクファーのコートは、外の冷気をそのまま手のひらに伝えてくる。昨夜から急に気温が下がり、今朝はこの冬一番の冷え込みだった。

いつものようにお茶を淹《い》れて持ってきた葵くんに、パンフレットを差し出した。

「おばあちゃん、ここに入りたいんだって」

何気なく受け取った葵くんは、一目見るなり顔を引きつらせた。

「えっ、おばあちゃん、本気？」

普段から落ち着いている、というよりも、あまり感情を見せない葵くんにしては珍しい反応である。

「本気だよ。もう見学も済ませている」

「いつの間に……」

葵くんが慌てるのも無理はない。その施設の所在地は熱海《あたみ》。あまりにも離れている。

私は祖母の座るソファの前に回り込んだ。

「ねぇ、おばあちゃん。何も今すぐってわけではないよね。いずれってことだよね」

ずずっとお茶をすすりながら、祖母は何でもないことのように言った。

「だいたい手続きは終わったよ。身元引受人は隆志《たかし》が引き受けてくれた。身寄りのない設定でいこうかと思ったけど、それもまた色々と面倒だからね」

「お父さん～」

私は情けない声を上げる。人の好《よ》い父は祖母の言いなりだ。祖母もそれをよく分かっていて、都合よく使っている。

「アンタでもよかったんだけど、まだまだ頼りないからね。いい歳《とし》をして独身なのも、アンタが先のことなんて何も考えずにフラフラしていたせいだろう。まぁ、それぱっかりは自分の努力じゃどうにもならないから、せめて『ちぐさ』をしっかりやって、足場だけでも固めておくんだね」

「そういう発言、今はアウトなんだけど」

「身内の心配をして何が悪いんだ。葵もだよ。今いくつだっけ」

「もうすぐ三十一」

葵くんは正直に答える。十二月生まれらしい。

「男だってウカウカしていられないよ。気づけば綺羅《きら》みたいになっちまうからね」

「だから、そういうのがアウトなんだってば」

葵くんが私を見て眉《まゆ》をひそめているので余計に腹が立つ。

「そう、ウカウカしてられないんだ。アタシはもうすぐ九十だもの。自分で動けるうちに何とかしておきたいんだよ」

「おばあちゃんがその歳で元気に商売できているのも、ある意味、奇跡みたいなものだもんね」

葵くんがしみじみ言うと、祖母は怒るでもなく「そうなんだよ」と頷《うなず》いた。

時々、この二人のやりとりについていけない。私でも言えないようなことを、葵くんはさらっと言ってしまう。葵くんはあくまでもドライ。そういうところが、たぶん祖母と合っている。

私は「ちぐさ百貨店」に来てまだ一か月。ここでいきなり祖母にいなくなられては不安しかない。かといって、祖母の年齢を考えれば、こうして店に通っているのも葵くんの言うように奇跡に近い。

きっと祖母の判断は正しい。むしろ遅いくらいなのは、身内である私がほったらかしにしていたからだろう。だから少しだけ後ろめたい。もしかしたら祖母自身も、この歳まで働くことになるとは考えていなかったかもしれない。

「そういうわけでマンションの片付けだよ。綺羅、アンタ、いつなら手伝える。予定にいれておいてくれよ」

「ちぐさ」の定休日は毎週月曜日。私の休日に予定など特にない。あるとすれば、掃除、洗濯、スーパーでの買い出し。つまり家事だ。それは表参道《おもてさんどう》のショップで働いていた頃《ころ》から変わらない。あえてそれを披露しなかったのは、また葵くんに哀れまれるのが嫌だっただけではなく、マンションの片付けが終わったら、祖母がさっさと施設に行ってしまいそうで怖かったからだ。

「早めに終わらせてスッキリしたいんだ。頼んだよ」

いつと明言しない私に諦《あきら》めたように、祖母は視線を逸《そ》らしてお茶をすった。施設に入るということは、マンションも引き払うということだ。もともと賃貸契約だったはずだから特に煩雑な手続きはない。

ずっと昔、マンションを訪れるたびに母が「買っちゃえばよかったのに」と言っていたのを思い出した。いずれこうなることを考えて賃貸物件を選んだのかもしれない。一人娘の母は蓼科《たてしな》で暮らしていて、東京に戻るつもりなどなかったのだから。

「……いつも急なんだから」

文句を言いながらも、祖母は一度言い出したことは絶対に曲げないことも分かっている。六年間一緒に働いた葵くんも祖母の性格はよく理解しているようで、不安そうに視線をさ迷わせていた。その日の私たちは、ずっとこのことが頭に引っかかっていて、仕事に集中できなかった。

祖母のマンションにはもう何十年も行っていない。

小学生の頃は春、夏、冬の長い休みには必ず泊まりに行って、一緒に「ちぐさ」に通ったものだけど、中学生になってからは泊まってもほんの数日。泊まりに行ったのはおそらくそれが最後だ。

そう広い部屋でもないくせに、やたらと大きな家具が揃《そろ》っていたのを覚えている。桐簞笥《きりだんす》に食器棚、立派なキャビネット。どれもがかなり古かったのは、「ちぐさ」の二階に住んでいた頃から使っていたものだからだ。祖母の親が使っていた、ヴィンテージ家具といえるものもあった。

それだけでなく、すべての収納には「ちぐさ百貨店」では収まりきらないありとあらゆるものが詰め込まれていて、まさに混迷を極めていた。そんな部屋は子どもの私にとって、「ちぐさ」と同じくらい楽しくて仕方がなかった。

「地震が来たらどうするのよ」と、母は来るたびに怯《おび》えていたけれど、祖母は「その時はその時さ」と、お気に入りの詰まった部屋を眺めてご満悦だった。

「ちぐさ」から勝《かち》どきのマンションに住まいを移したのは、もちろん家賃収入を見越してのことだろう。裏通りとはいえ銀座。店舗としての需要は絶えることはなく、頻繁に持ち込まれるその対応が煩わしかったのと、母の結婚を機に、祖母もちょっとだけ銀座の外へ出たくなったのではないかと思う。

私は番台で大きなため息を漏らした。

隣を見るがソファに祖母の姿はない。今日の昼食は自由行動で、コーヒー好きの祖母は中央《ちゅうおう》通りの老舗《しにせ》喫茶店に行っている。どこも混んでいるのは承知の上で、そんな銀座の日常を楽しみたいと、嬉々《きき》として出かけていった。

葵くんは少し前にサッと出ていき、十分も経たずに戻ってきた。地下のコンビニでおにぎりでも買ってきたようだ。

葵くんはかなりストイックだ。たい焼きに対する責任感は相当なもので、お客さんを待たせてはいけないからと、外で食事をすることは絶対にない。

私はというと、今日はまったく食欲がなかった。

祖母が突然、施設に入るなどと言い出すからだ。

しかも話は順調に進んでいて、父まで一役買っていたとは。

私が「ちぐさ」に来てまだ一か月。もう少し安穏とした生活を送らせてくれてもいいのではないかと思う一方で、それは甘えだなぁとも思う。たい焼きは葵くんに任せきり。接客やレジはやっても、何かあれば祖母に頼ればいいと安心していられる。

そんな考えでいるから、私はいつまでも進歩がないのかもしれない。

自分で自分を変えるのが怖い。対応できない事態に遭遇したくない。だから周りを窺《うかが》いながら、結局は自分で目立たないようにふるまってきたような気がする。

祖母がいなくなるのは不安だし、明らかに物が多い祖母の部屋を片付けるのも気が重い。

収集は祖母の趣味だ。気に入った品物に次々に手を出し、抱え込む。それを見て悦に入る。気に入ってくれるお客さんがいれば、喜んで譲り渡す。それが、祖母が守ってきた「ちぐさ百貨店」の流儀だった。

けれど、せっかく集めたどんなに大切なものでも、いつかは手放さなければならない。この世を去る時は身ひとつ。何も持ってはいけないのだ。

自分で集めた愛すべき品々を、自らの手で処分するのはつらい。それを私に委《ゆだ》ねようとしている気もする。私の気持ちなど少しも考えず、本当に勝手な人だ。

私は何度目かのため息をつき、ランプに照らされた店内を眺めた。

祖母の部屋には置物や食器もたくさんあったはずだ。彼女のことだから、きっとここで売ればいいと言い出すだろう。物によっては「ちぐさ」ではなく、専門の質屋さんみたいなお店に持っていったほうがいいかもしれない。それも当日、祖母と相談しながら決めればいいだろうか。煩雑な仕事を思い浮かべるとますますうんざりした。

ふと、祖母の部屋には母の遺品がしまい込まれているのではないかと思い、そんな自分にさらに気が滅入《めい》った。まるで家探しをするみたいではないか。

祖母はいつまでも帰って来ず、そのマイペースさがいっそう私をイラつかせた。

でも、それがいずれは日常になる。母がいなくなり、祖母もいなくなる。父はいるけど、蓼科はやっぱり遠い。何だか寂しい。百年以上も前に作られたアンティークカップが今も大切にされているというのに、人間は永遠ではない。

母が亡くなったのは私が就職する直前のことだった。

三月の初め、春の山での滑落事故だった。

父と母の共通の趣味が山だった。都会も都会、銀座で生まれ育った母は、自然に囲まれた生活に憧《あこが》れ、大学時代には登山サークルに所属し、社会に出てからも海に山にと出かける活発な人だった。そこで父と出会った。

高原での生活に憧れて蓼科高原で喫茶店を始め、私が生まれてからは、趣味に割く時間は大きく減ったけれど、子育てに手がかからなくなると、母は昔の仲間に誘われてまた趣味を再開した。好きな物にとことんのめり込む母の性格は、やっぱり祖母によく似ていた。

父は喫茶店があるからと、たいていが留守番で、母の趣味を温かく見守っていた。

十八年前の春、母は参加したツアーで命を落とした。地元の八ヶ岳連峰赤岳《やつたけれんぽうあかだけ》。強風に煽《あお》られた他のパーティーの滑落事故に巻き込まれたのだ。

その頃大学生だった私は、卒業を控えて東京にいた。

都内の大学とはいえキャンパスは郊外にあり、都心の銀座に行くことはめったになかった。バイトにサークルにと忙しく、いずれ都心の雑貨店に就職したら、その時は「ちぐさ百貨店」にも頻繁に行けると楽しみにしていた。

私は両親の趣味については知っていたけれど、彼らが私にそれを強要することもなかったし、私はごく普通の高原の子どもとして育ったから、彼らがこれまでどんな山に登ってきたかも、母が次にどの山に登ろうとしているのかもまったく興味がなかった。

母の事故はあまりにも突然で衝撃だった。

どうしてこんなことにと、父はただ茫然《ぼうぜん》としているだけだった。

あの時は駆け付けた祖母が一切を取り仕切ったらしい。私も東京から戻ったけれど、それからどうしたのかほとんど記憶がない。

目の前を出来事だけが通り過ぎていき、気づけばすべてが終わっていた。

ただ、毅然とした祖母の姿だけは覚えていた。

そこまでならよかった。さすがおばあちゃん、どんな時も頼りになる。そう思っていられた。その後だ。

大学生活最後の春休み中だった私は、しばらくの間、蓼科の実家で父と過ごした。喫茶店は休業したままで、母の遺影が飾られた居間でずっと写真を眺めていた。お互いにショックが大きすぎて、励まし合うことすらできなかった。

祖母はやるべきことを終わらせるとさっさと東京へ戻り、母の思い出を私たちと語ることはしなかった。

今思えば、あの時、祖母は母の死をどう捉《とら》え、どう乗り越えようとしたのだろう。祖母のことだから、好きに生きた人生に悔いはなかっただろうと、案外サバサバと受け入れたのかもしれない。

しばらくして私は、大学の卒業式のために東京へ戻った。予定では母が来てくれて、一緒に祝ってくれるはずだった。そのための服も買ったと母ははしゃいでいた。私たちは「銀座までおばあちゃんに会いに行こう」なんて約束までしていたのだ。

式の最中は一人で泣いた。卒業などどうでもよかった。いるはずの母がいない。次から次へと涙が溢《あふ》れて止まらなかった。

卒業式を終えると、私は再び実家に戻った。父も心配だったし、卒業証書を骨だけになった母にも見せたかった。

茅《ち》野《の》駅まで車で迎えに来てくれた父は、一週間前に別れた時よりも多少元気を取り戻していた。ハンドルを握りながら、「また美寿々《みすず》さんが来てくれたんだよ」と言った時は、落ち込んだ娘婿を励ましに来たのかもしれないと思った。

しかし、母の遺品を整理したと聞いて驚いた。

どうして父や私ではなく祖母なのだ。しかも母の死からまだ一週間しか経っていないというのに。

その上、父はそんなことを少しも感じていないようでさらに驚いた。

「僕にはとても出来そうもないから、ありがたかったよ」

寂しげな笑みを浮かべて父が言った。

気持ちは分かる。私だって母の使っていた品々を見たら、すべてに母を重ねてしまい、涙なしにはいられないだろう。

「いくら何でも早すぎない？」

「見ると悲しくなるだろう？　美寿々さん、気持ちを切り替えるためには、早いほうがいいって。僕にはつらいだろうから自分がやるってさ」

「それで、任せたの？」

「うん。だって、僕にはいつまでたっても出来そうもないもの。それに、珠子《たまこ》さんのものは僕にはよく分からないし。衣類や化粧品なんてサッパリだよ」

いくら婿養子とはいえ、どこまで父は祖母の言いなりなのだろうか。不当なことをされたともまったく思っていない。むしろ感謝すらしている様子に、怒りがこみ上げてきた。

私が静かな怒りを募らせている間に、車は家に到着した。

道路に面した喫茶店部分の横がガレージになっていて、父が車を停《と》めている間に、私は家に駆けこんだ。ログハウス風のデザインは喫茶店だけで、後ろの住居部分はごく普通の二階建て住宅になっている。

まずはリビングを点検した。サイドボードの上の家族写真が入ったフォトフレームや、母が気に入っていた食器類、置時計はそのままだったのでひとまず安心する。とはいえ、実家を出て数年経つ私には、正確には何がなくなっているのか分からなかった。

両親の寝室に入ってクローゼットを開けた私は言葉を失った。

クローゼットの半分が見事に何もなくなっていた。

何があったのかは分からない。でも、ここにあったものが持ち去られたことは確かだ。

本当に何もなかった。広いスペースがすっかり空間になっている。

服やバッグ、趣味の山の道具も入っていたかもしれない。

ぶら下がったハンガーだけが虚《むな》しく揺れ、中央からむこうは、父のネルシャツやジャケットがぶら下がっている。下段の引き出しもいくつかは完全に空になっていて、ここにも母の物が入っていたのは明らかだった。

押入れを開けても布団は一組しか入っていない。本棚も真ん中の段が空っぽなのは、ここに母の本が収められていたからだろうか。

祖母に「母の使っていた棚はどこか」と訊《き》かれ、おとなしく答える父の姿が目に浮かぶようだった。本当に何もかも片付けたのだ。

とぼとぼとリビングに戻り、ぺたんと床に座り込んだ。

母の死を知らされた時と同じくらい大きな喪失感に打ちのめされていた。

いくら何でも早すぎる。たとえ、母の痕跡《こんせき》を目にするたびに新たな悲しみに襲われる父のためだったとしても、娘の私に相談もなくすべてを処分するとは、いくらせっかちな祖母でもさすがにやりすぎではないのか。

「なんだ、綺羅。暖房も点《つ》けていないじゃないか」

ようやく父が入ってきた。手には大きなレジ袋をふたつもぶら下げていた。車の荷室にでも積んであったのだろう。私を迎えに行くついでに、先にスーパーに寄って買い物を済ませていたのだ。

父はゴボウや長ネギが飛び出しているレジ袋をテーブルに置くと、すぐにヒーターのスイッチを押した。わずかな起動音がして、温い風が吹き出してくる。

「お父さん、クローゼットが空っぽになっていたよ。布団も、本もなかった」

「うん。美寿々さんが全部処分してくれた」

「捨てたってこと？」

「もう珠子さんはいないから。ないほうがいいんだよ。見ると、勘違いしちゃうんだ。喫茶店からひょいっと戻ってくるんじゃないかとか、大きなリュックを背負って、日焼けして『ただいま』なんて帰ってくるんじゃないかとかさ」

もともと涙もろい父の目の縁がみるみる赤くなった。

「あんまりじゃない？　死んじゃった人の物は必要ないの？　相談してほしかった」

「無理だよ。お父さんには無理なんだ。何もかも見るのがつらかった。美寿々さんが全部いいのかって言うからお願いしたんだ。美寿々さん、サッパリしたもので、一日で終えたよ。何箱か東京に送って、後はトラックを呼んで処分した。そういうの、テキパキと全部一人でやってくれたんだ」

「何を送ったの？」

「知らない。珠子さんの物が運ばれていくのを見たくなかった」

祖母の作業中、母の日用品の場所だけ示した父は、ずっと喫茶店に籠《こも》っていたそうだ。

「ひどいよ……」

私も泣いていて、父も泣いていた。テーブルに置かれたレジ袋がバランスを崩し、飛び出ていたゴボウと長ネギが床に落ちた。めくれた袋からは、牛乳やパンが見えていた。私が帰ってくるからと、色々と買い込んだのだ。

　母が亡くなってから、父がこんなに買い物をするのは今日が初めてかもしれない。それに気づくとますます涙が出た。父は前を向こうとしている。それは祖母のおかげかもしれないのだ。

　でも、やっぱり私は納得ができなかった。東京に送った荷物の行き先は絶対に「ちぐさ」だ。ならば、母の遺品だろうと商品棚に並べるに決まっている。怒りのせいか、私の思考はそこに直結していた。

　落ちたゴボウや長ネギを拾おうともしない父のかわりに、私が手を伸ばす。折れたゴボウを拾う。

「余計なことを言ってごめん。ごはんは私が作るよ」

　重いレジ袋をキッチンに運び、中身を冷蔵庫に移した。冷蔵庫の中は予想通り空っぽで、この一週間、父はいったい何を食べていたんだろうと思った。蹲《うずくま》った後ろ姿を見れば、明らかに細くなっていて、ますます悲しくなった。

　急激に何もかも変わってしまった。

　母はいなくなり、父は泣きつづけ、大好きだった祖母が信じられなくなった。

途方にくれた私は無心にゴボウを洗った。ゴシゴシと洗いつづけた。母の料理を食べることはもう二度とないのだと、その時になって唐突に気がついた。

数日後、父がそろそろ喫茶店を再開しようと言うので、私も東京に戻ることにした。父も心配だったけれど、私も母のいない実家で過ごすことがつらかった。

東京に戻った私は、すぐに「ちぐさ百貨店」を訪れた。

きっとまだ母の遺品があるはず。そう思うと、「ちぐさ」に行けば母に会えるような気がして、何とも狂おしいような気持ちになった。何だろうと構わない。とにかく母を取り戻したい気持ちでいっぱいだった。

勢いよくドアを開けた。開店直後の店内に客はなく、祖母は着物に割烹着《かっぽうぎ》姿でたい焼きを焼いていた。

二十匹という予約が入っているそうで、店内にはカタンカタンと音が響いていた。

祖母は私に「大変だったね」と言ったきり、いくつも並んだたい焼きの金型と、その下で揺れる炎から目をそらそうとしなかった。その姿に私は焦《じ》れた。

「お母さんの物、返して」

「ないよ」

祖母は素っ気なく答えた。

「ここに送ったんでしょう」

「売っちまった」

「うそ」

「隆志を見ただろう。物は人を縛る」

「私はお父さんとは違う。ねぇ、何を売ったの」

「オルゴールだったかね」

子どもの頃に見せてもらったことがあった。父に買ってもらったと言っていた。

「他には」

「ないよ」

「まだあるでしょう」

「しつこいね。アンタも色々とあって大変だっただろう。たい焼きでも食べてちょっと落ち着いたらどうだい」

祖母は型から外したばかりのたい焼きを、お客さんに出すように竹ざるに載せて差し出した。

とっさに私はそれを振りはらった。たい焼きは乾いた音を立てて床に落ちた。

祖母は私を睨《にら》みつけたが、私もひるまなかった。

「そんなの、いらないよ。どうして平然とたい焼きを焼いているの。どうして、お母さんの物を簡単に手放しちゃうの。許さない……」

祖母はかがみ込んでたい焼きを拾い、ゴミ箱に放《ほう》り込んだ。

「ああ、もったいない」

そして、火にかけていたいくつかの金型を火から下ろした。

「こっちも焦がしちまった。アンタのせいだよ」

「自業自得でしょ」

「物に縛られるのは生きている間だけだよ。物は人を縛る。珠子の物にアンタや隆志が縛られる必要はない」

「そういう意味じゃない。私だって持っていたかったのに。何もかも勝手なんだよ」

明らかに祖母は嘘《うそ》をついている。だって、東京に送った荷物がオルゴールひとつなんてはずはない。

それ以来、私は「ちぐさ百貨店」を訪れることはなかった。

祖母は二時間あまりもゆっくり外出して戻ってきた。今日はケーキセットを食べてきたという。

「あそこは広くていいんだよ。銀座の喧騒《けんそう》を忘れて優雅な気分でコーヒーを味わえる」

「相変わらず、街は賑わっていたんだろうね。こっちはサッパリだったけどね」

チラリとソファの祖母を見る。記憶の中で憎みつづけたはずなのに、ここにいるのは昔からよく知っている祖母で、おそらく彼女は、私が過去と現在の感情に混乱していることに気付いてもいない。

「アンタも外の空気を吸ってきたらどうだい」と言われたけれど、そんな気分にもなれず、私は番台に座りつづけた。

しばらくすると、まるで祖母が呼び水になったかのように急に忙しくなった。

ほぼすべてがたい焼きのお客さんで、ありがたいことに一人で何匹も買ってくれ、葵くんは手を休めることなく、ずっとたい焼きを焼いている。

私は焼き上がったそばから箱に詰めたり、お茶を淹れたりと、暖簾《のれん》の向こうと売場とを行ったり来たりしていた。祖母はまるで他人事《ひとごと》のように「大繁盛だねぇ」などと笑いながら、たい焼き待ちのお客さんと世間話をしている。

動き回りながら私は思った。恐るべし、「銀座のたい焼き」。

この忙しさを、これまで葵くんが一人で対応していたのかと思うと、彼への見方も変わってくる。今や「ちぐさ百貨店」の雑貨は、たい焼きを買いに来たお客さんがついでに買っていくという印象だ。

いつまでも忙しさは続き、ようやく客足が落ち着いた午後八時、今夜も祖母は一足先に帰っていった。入口まで見送り、そのまま店内を一周して売れた品物を補充したり、乱れた棚の上を直したりして過ごした。

たいていの品物の在庫は、棚の下の収納ボックスに入っているが、祖母が気まぐれに仕入れた物の中には、売り切って終わりという物も少なくない。混沌《こんとん》とした「ちぐさ百貨店」の在庫管理も大変そうだとため息が漏れる。

遅い時間になってもたい焼きを求める客は訪れた。仕事や買い物帰りのお客さんがお土産《みやげ》に買う場合もあれば、コリドー街あたりで食事を終えた人たちが、デザートがわりに食べていく場合もある。夜の数寄屋橋《すきやばし》公園でたい焼きを齧《かじ》っている人が多いというのは、わりと有名な話らしい。

たい焼きのラストオーダーは午後九時半。

今夜最後のたい焼きを買ったのは、さっきまで日比谷《ひびや》で観劇していたという若い女性三人組で、「ちぐさ」の閉店時間まで店内のベンチに座って、たい焼きを食べていた。「推し」の活躍ぶりを語る、興奮さめやらぬ彼女たちの若さが何だか羨《うらや》ましかった。

帰り支度をしていると、暖簾の奥から葵くんが出てきた。夕方は額に汗を浮かべてテキパキとたい焼きを焼いていたというのに、今は別人のようにパリッとしたスーツ姿になっている。このギャップにはいまだに慣れない。

「綺羅さん、いつおばあちゃんの家に行くの」

マンションの片付けのことである。

「まだ決めていないよ」

「あのさ、急がなくていいんじゃない？」

葵くんが縋《すが》るような目で私を見た。彼でもこんな必死な目をするのが意外だった。

「どうして？」

「他人の俺《おれ》が口を出すことじゃないと思うけど、おばあちゃん、まだ十分元気だし」

「元気と言っても、いい歳だからね。今のうちに色々と片付けておきたいんじゃないかな」

私は自分を納得させるように言った。もちろん私だって、祖母にはずっとここにいてほしい。

「……葵くん、ちょっと飲みに行かない？」

葵くんは手に持っていた自転車用ヘルメットをベンチに置いた。

そうだった。お酒を飲めば自転車では帰れない。かといって、バスも遅くまでは走っていない。

「ごめん。毎回、タクシーは大変だよね」

「いいよ。地下鉄で帰れる」

ここから月島《つきしま》なら有楽町《ゆうらくちょう》線でも帰ることができる。長居はしないと釘《くぎ》を刺された気もしたが、そのほうが気が楽だ。私も終電を逃すつもりはない。

「また福助《ふくすけ》さんのお店でいいよね」

「うん」

今は私も「ちぐさ」の鍵《かぎ》を持っている。葵くんが先に出ると、私は自分の鍵を使ってドアを施錠した。風が強く、軒下のランプが大きく揺れていた。

「ここ、そういえば昔はシャッターがあったんだけど」

「俺が来た時にはこのままだったよ。ずいぶん前に酔っ払いに蹴《け》られて、下までおりなくなったから撤去したって言っていた。こうしておけば誰でもベンチに座れるからいいだろうって」

晴れた日には軒下のベンチでたい焼きを食べるお客さんも多い。けれどそれは営業時間中の話であって、時々、帰りそびれた酔っ払いが寝ていることもある。

「誰でも座れるベンチっていうのは確かにいいけど、朝、ゴミが置かれているのを見た時はガッカリしちゃうんだよね」

「空き缶なんて昔からしょっちゅうだよ。俺、おばあちゃんに言ったことある。毎朝の掃除するのは俺だもん。でも、おばあちゃんは『いいじゃないか、それくらい』って」

「まぁ、捨てればすむ話だからね」

「おばあちゃん、自分で掃除しないくせに」

「言ったな。うん、でも私もそう思う」

こんなふうに祖母のことで葵くんと笑うのは初めてだった。

今もまだ葵くんのことがよく分からない。祖母とは実の孫のように仲がいいし、雇い主である祖母に従順でもある。時には尊大な祖母を崇拝しているように見えることもあって驚かされる。

冷たい風がびゅっと耳元を吹き過ぎる。私たちは、みゆき通りを背にして新橋《しんばし》方面に向かった。午後十時でも煌々《こうこう》と明かりを灯《とも》した角のカフェは賑わい、みゆき通りの人通りも多い。みんな寒さなどものともせず、華やかな夜の銀座を楽しんでいる。

私たちは雑多なネオン溢れる細い通りを歩く。こちらに流れてくる人はさほど多くなく、目的の店を目指す人ばかりだ。小料理屋の店先で着物姿の女将《おかみ》に見送られるのは、よほどの常連客か。黒塗りの車が店先で待ち構えているのも、銀座ならではの風景だ。

ダウンジャケットで着ぶくれた私の横に、スーツに黒いコートのスマートな葵くんが並んで、夜の銀座を歩いている。「ちぐさ」で出会わなければ、私たちの人生は交わることなどなかった。何だかちょっと不思議な気がする。

これまでに分かったことは、葵くんは都内の有名私大を出ているということと、実家は月島のもんじゃ焼き屋さんということだけ。

前方に「福」と書かれた丸い看板が見えてきた。

たい焼き好きの常連客、福助さんが営むビールバー「福の麦《ふくのむぎ》」は小さな店だが、いつもお客さんが溢れていて、さらに一人、二人増えたところで、カウンターのお客さんが詰めてくれるから、店に入れないということはない。

「あ、手ぶらで来ちゃった。もっと早く言ってくれれば、土産にたい焼きを焼いたのに。嫌だな、俺の顔を見たら、きっと福助さん期待しちゃうだろうし」

「いいよ、そしたら今日はたい焼きありませんって、私が先に言う」

「それもちょっとおかしくない？」

「そのほうがお互いスッキリするじゃない」

「まぁ、そうか」

私がドアを開けると、カウンターの中の福助さんがすぐに顔を上げて「いらっしゃい」と言う。

「あれ、美寿々さんは一緒じゃないの？」

「おばあちゃんは先に帰りました。あと、今夜はたい焼きもありません。ごめんなさい。片付けをした後で、私が葵くんを誘っちゃったんです」

「なんだぁ。まぁ、いいよ。いつももらっているし。今度はまたちゃんと買いに行くからさ。どうぞどうぞ」

福助さんは目の前のカウンターを示した。いつものように先にカウンターにいたお客さんが詰めて場所を作ってくれる。おつまみなどたいしてない店だから、移動はグラスのみ。すぐにおしぼりがカウンターに置かれる。

カウンターの後ろは巨大な冷蔵庫になっていて、世界各国の小瓶ビールが並んでいる。それはディスプレイにも一役買っていて、様々なラベルを眺めているだけでもお洒落《しゃれ》な気分になる。

葵くんはドイツのピルスナータイプ、私はこの前福助さんに勧めてもらった飲みやすいハートランド。グラスに注《つ》ぐとどちらも淡い黄色が美しい。

表参道で働いていた頃は、仕事帰りに誘われてもほとんど断っていた。雰囲気になじめない自分が嫌だった。断りつづけたせいか、いつの間にか誘われることもなくなった。

お酒が好きでなくても、仕事の後のこういう時間が大切だと気付かせてくれたのは祖母だ。「ちぐさ」に来てからおよそ一か月。祖母と葵くんと、何度ここに来ただろうか。祖母は元来こういうことが好きだから、「今夜は行くよ」と決めた時は閉店時間まで待っていてくれるのだ。

「さっきの話の続きだけど」

乾杯をして、お互いに喉《のど》を潤すとおもむろに私は切り出した。

「うん」

「私もはっきり言ってマンションには行きたくない。片付けを手伝うのが嫌ってことじゃなくて、まだ片付けたくない。でもおばあちゃんは、さっさと終わらせてスッキリしたいんだろうな」

「俺もそう思う」

「そういう性格だもんね」

「綺羅さんが来た時点で、おばあちゃん、だいぶ安心していた」

「そうなの？」

「言わないけど、分かる」

「まぁ、そうだろうね。だって、あと数年で九十歳だよ。いくら元気でも、よくやっていたと思う。今は高齢化社会で世の中にご長寿さんはいっぱいいるし、現役でバリバリ働いている人も多いよね。でもさ、半分くらいはのんびり暮らしていると思うんだ。だって、もう十分頑張ってきたんだもん。いくら『ちぐさ』がおばあちゃんの生きがいだとしても、孫として、何年も放っておいたのは申し訳ないと思っている」

「どうして放っておいたの。綺羅さんだって東京にいたのに」

葵くんが真面目《まじめ》な顔で、横の私を覗《のぞ》き込むように身を乗り出す。

いつかは訊かれると思っていた。葵くんは六年前から「ちぐさ」で祖母を手伝ってくれている。その間、一度も顔を出さなかった孫が店を継ぐことになったのだ。

「話してもいい？」

「話してくれないと困る」

「……そうだよね」

葵くんはグラスに手を添えたまま、私を見つめていた。福助さんはカウンターの端っこのほうで他の客と盛り上がっている。別に聞かれても構わないけれど。

ちょっと話は複雑だった。説明するとなると、母が結婚して銀座を離れたことから始めなければならない。

母は祖母にとって一人娘だったから、形ばかりは父が婿養子となっていること。だから私の苗字《みょうじ》が祖母と同じ「千種《ちぐさ》」であること。子どもの頃、どれだけ「ちぐさ百貨店」に遊びに来るのが楽しみだったかということ。

これまで断片的に話したことは、私が祖母の孫だと納得させるためだった。

葵くんはもう一本ビールを追加した。今度はイギリスのペールエール。カウンターに置かれたグラスの中身は明るい琥珀《こはく》色だ。

「そんなに『ちぐさ』もおばあちゃんも好きだったのに、どうして来なくなったの」

私もハートランドを飲み干す。

「おばあちゃんを許せないことがあったから」

「許せない？　おばあちゃんを？」

「お母さんが亡くなったの。十八年前に」

葵くんは推し量るように私を見ている。

「私が大学を卒業する年だった。知らせを受けておばあちゃんはすぐに来てくれた。私も東京からすぐに向かったけど、到着したのは同じくらい。お父さんはとにかく動転していて、おばあちゃんが何もかもやってくれた。もともとお父さんはおばあちゃんには逆らえないから、どちらにせよ、おばあちゃんが取り仕切ったかもしれないけど」

「うん」

葵くんがちゃんと聞いてくれているのに安心して、私はおかわりしたビールをグラスに注いだ。

「お葬式も終わって、少し落ち着いた頃。私も大学の卒業式でこっちに来て、また戻った時のことよ。実家から母の痕跡が消えていた」

「痕跡って」

「衣類とか、バッグや靴、趣味の道具、本棚の本。母のものがきれいさっぱりなくなっていたの。お父さんに訊いたら、おばあちゃんが来て処分したって」

「遺品整理ってやつ？」

「そうなんだけど、いくら何でも早すぎる。お父さんも私もいるのに、どうしておばあちゃんが勝手にやっちゃうの？　驚いたし、許せなかった」

「まぁ、それは確かに」

「東京にも送ったというから、私は東京に戻ってすぐに『ちぐさ』に行っておばあちゃんに訊いたの。お母さんの物をどこにやったのって」

「綺羅さんは、自分で持っていたかったんだ」

「そりゃ、何でもいいから形見は欲しかったよ」

「そうだよね」

「でも、おばあちゃん、いつもと同じにたい焼きを焼きながら言ったの。売っちまったって」

「それは、ちょっと、アレだね」

「でしょう。私、怒りを抑えきれなくなっちゃって店を飛び出した。もう顔なんて見たくないって思った。それが最後」

たい焼きを振り払ったことと、もしかしたら母の遺品が今もどこかにあるかもしれないことは言わない。言う必要もない。

「もう怒りは収まったの？　だって、いくらおばあちゃんから呼ばれても、本当に嫌っていたら顔も見たくないでしょう。それとも、仕事を辞めて収入が途絶えていたから？」

「葵くんって、やっぱり性格悪いよね」

「そんなことないよ」

私は考えながら言葉を紡いだ。

「怒りもね、時間が経つと消えないまでも薄れていく。怒りつづけるのも疲れるんだよ。だって、生きていれば他にやらなきゃいけないことが山ほどあるじゃない。ひとつの感情に囚《とら》われていられるほどヒマじゃない。そのうちにだんだん冷めていくんだよね。怒っている自分がバカみたいに思えてくる。だって、おばあちゃんはあの性格だもん。私が覚えていても、自分はさっさと忘れてケロッとしていそうでしょ。そうするとさ、今度はおばあちゃんを憎んでいることに罪悪感を持つようになるんだよ」

「相手はおばあちゃんだもんね」

「そういうこと。だんだん自分の怒りに自信がなくなってきたの。遺品整理はいつかはやらなきゃいけないことだし、落ち込んでいたお父さんにとっては必要なことだった気がするから」

「難しいな」

「そう。もう分からない。だから、久しぶりに会ってみようと思ったの」

「うまくいけば『ちぐさ』で働けるもんね。その上、銀座の有名たい焼き屋が自分のものになるかもしれない」

「本当に性格悪いね。それに、あそこはたい焼き屋じゃなくて雑貨店だから」

葵くんをにらむ。

「やっぱり身内だもん。ずっと会わないと心配にもなるよ。それこそ放っておいた罪悪感が大きい。だから、これからは力になろうと思う」

「おばあちゃん、綺羅さんが来なかったら、たぶん『ちぐさ』を畳んでいたよ。いい場所とは言えないけど、テナントを探している人はいくらでもいるし」

「そうなの？　葵くんがやろうとか、そういう話は出なかったの？」

「なかったなぁ。アルバイトが口を出すことじゃないし。ただ俺は、『ちぐさ』のたい焼きがここで途切れちゃうのは残念だなって思った。もちろん職場がなくなるのも困る。それに、おばあちゃんの中では、孫に『ちぐさ』を継がせるっていうのはずっと決めていたんだと思う」

「どうだろう」

「だから綺羅さんが来て、正直に言うと俺もホッとした。まだしばらくはここでたい焼きを焼けるって」

胸のつかえがとれた気がした。私を邪魔者扱いしているわけではなかったのだ。

「たい焼きを焼くのはそんなに楽しい？」

「楽しいよ。俺は一人で無心に何かをやるのが向いているんだ。お客さんが喜んでくれるのも嬉《うれ》しい。そのあたりは育った環境によるのかな。子どもの頃から親父《おやじ》の店を手伝っていたし、分かりやすい手ごたえが欲しいんだ。おばあちゃんから学んだたい焼きは、まさにそれだった」

嬉しそうに話す葵くんを見て安心した。

「私、おばあちゃんがいなくなったら、葵くんも辞めちゃうんじゃないかって心配だったんだよね」

「それはない」

「ところで、どうして『ちぐさ』だったの。アルバイトなんて他にもいくらでもあるのに。まさか、たい焼きを焼くために『ちぐさ』に来たの？」

「たい焼きは偶然。何というか、たまたまおばあちゃんに出会っちゃったんだよ」

「たい焼きじゃなくて、おばあちゃんが理由なの？」

「俺、おばあちゃんを尊敬しているから」

「聞かせてよ」

「参ったな、今度は俺の番か」

葵くんはグラスにビールを注ぎ足した。

「もともとは通りすがりの会社員だった。ちょうど軒下にヴィンテージのカッコいい看板がいくつも並んでいて、足を止めて見入っていたんだ。道路標識とか、店の看板とか、一昔前のアメリカのやつ」

「好きなの？」

レトロな看板やおもちゃのコレクターは意外といる。特に男性に多い。

「ちょうど探していたんだ。店の装飾に使いたいなって。俺、地元でバーをやるのが夢だったから」

「それなのに、たい焼き？」

「美味《おい》しかったから」

「全然分からない」

「ようは、おばあちゃんとたい焼きに惚《ほ》れ込んだんだよ。言ってみれば綺羅さんと同じ。居場所が欲しかった」

「居場所？」

葵くんは乱暴に頭をかいた。

「やっぱり、あまり話したくないんだけど」

「私も話したじゃない。これから二人で『ちぐさ』をやっていくんだから、もっとお互いの理解を深めようよ。だいたい、スーツ姿で出勤してくるのもおかしいでしょ」

最後の言葉が決定打となったようだった。

葵くんはカウンターに両腕を載せて顔を伏せる。

「……俺、実家では、会社勤めをしていることになっている」

なんとなくそんな気はしていた。

「もんじゃ焼き屋さんの実家ね」

「そう。両親と兄貴も同居」

「どうして会社勤めをしていることになっているの」

「親を心配させたくないから。親父、一度心臓の病気で倒れているんだ。俺が大学生の頃。今は落ち着いているけど、せっかく入った会社を辞めてアルバイトしているなんて言ったら、ショックで今度こそ心臓が止まってしまうかもしれない」

「ちなみに、どこの会社だったの」

葵くんが口にしたのは、銀座に本社を構える有名な総合商社だった。入るのも大変だっただろうし、そんな大企業に息子が就職したら両親はさぞ喜んだだろう。一生安泰だと思ったに違いない。

「どうして辞めちゃったのよ」

「綺羅さんが俺に訊くの？」

「まぁ、そうね。私がいた会社とは天と地ほどの差はあるけど、お互い、辞めた者同士だもんね。一度仕事が嫌になると、どんどん嫌になっちゃう。でも、葵くんはバーをやりたかったんでしょう。そのために辞めたんじゃないの？」

「バーはまた別の話。そもそも最初からその会社にも会社員にも興味はなかったんだ。一度は納得して入ったけど、やっぱり気持ちが付いていかなくなっちゃった」

「それ、かなり贅沢《ぜいたく》な悩みだよね。あんな大きな会社、入りたくてもなかなか内定もらえないでしょ」

「だからよけい嫌だったんだ。他の奴らを蹴落として入ったのに、こんな気持ちで毎日働いているのは申し訳ないなって」

葵くんは根が真面目なのだ。そのせいで、ひとつの悩みをあまりにも深刻に考えすぎて、雪だるま式に膨らんでいく。そういう人はますます自分で自分の心を傷つけていく。

「……俺、昔から自分で店をやりたかったんだよね。実家の近くで」

「うん」

「実家の店は兄貴が継いでいる。本当は俺も手伝いたかったけど、そこまで大きな店じゃないし、親父も今は店に出ていて、兄貴の彼女も一緒にやってくれているから俺は必要ない。兄貴とは子どもの頃から店を手伝っていて、地元で商売やるのが当たり前みたいに育っちゃったんだ。あのあたり、今はもんじゃストリートって言われてすっかり観光地っぽくなっているけど、古い家もかなり残っているし、マンションもできて人口は増えているし、十分商売ができると思うんだ。正直に言うと、バーでも喫茶店でも何でもいい。とにかく地元で人が集まる店をやるのがずっと夢だった」

「どちらにせよヴィンテージ看板が似合うお店ってことね」

「うん。ちょっと洒落た雰囲気がいい。そのほうがお客さんも来るでしょ。やっぱり観光地だし目立ちたい」

「普段は目立たないようにふるまっているくせに」

「そこはバイトだから。辞めた会社もすぐ近くだしね。……親父、倒れた時に急に心まで弱くなっちゃったみたいで、俺たちに言うんだ。自営業は不安定で何があるか分からない。店は兄貴が継いで、俺は手堅い職に就いて、お互いに何か起きた時には支え合えってさ。関《せき》ケ原《はら》で東西に分かれて戦った真田《さなだ》兄弟かよって」

葵くんは少し笑った。

「……親だからさ、色々見ているんだよ。兄貴は昔から陽気で要領よくて、親父の後につついてお客さんにもかわいがられていた。でも俺は正反対。勉強はできたけど地味なタイプ。親としては二人の息子の性格を見極めて、それぞれに合う道に進ませようとしたんだろうけど、ガキじゃないんだから、それくらい自分で決めさせてほしいよ。それに、俺たちが地元を離れるっていう発想が少しもなかったのが笑える。俺も兄貴も最初からそんなつもりなかったけどさ」

「葵くんが何かしらお店をやりたいってことは？」

「誰にも言っていない。親父、倒れた時の状況がかなり深刻で、もしかしたらこのままダメかもしれないなんて言われていたし」

「……今はまたお店に立っているんだもんね。よかったね」

「うん」

「でもさ、例えばだけど、その会社でもう少し我慢して、いずれ夢をかなえればいいとは思わなかったの？　ほら、とにかく大企業じゃない。開店資金を貯《た》めるために割り切るとかさ」

「……最初はそう思ったけど、やっぱり俺には無理。やりたくないことに全力になんてなれないし、周りにも申し訳ない」

「……誠実だね」

「不器用なんだ」

「分かるよ。私も、雑貨しか興味がなかったもん。ずっと好きなものに囲まれて、関《かか》わっていきたかった。おばあちゃんみたいに」

「俺、これといって取り柄もないし、兄貴みたいにお客さんに気の利いたこと言って笑わせることもできない。でも、親父も黙々と店をやっていたんだ。別に愛想が良いわけじゃないけど、なんていうか、信頼できる店主って感じ。それがカッコよかった。俺、外に働きに行くよりも、自分の店を持ってお客さんを迎えたいっていうのは、わりと早い段階からずっと考えていた」

「それで、『ちぐさ』？」

「会社員の頃、昼休みのたびにデカいビルを飛び出して銀座をウロウロしていた。仕事が嫌というより、会社は俺の居場所じゃないって、いつも息苦しかったから。何度か『ちぐさ』にヴィンテージ看板を見に行ったけど、店に入る勇気はなかった」

「確かに入りづらいよね。中が見えないし」

「たまたま客を見送りに出てきたおばあちゃんが、中にはもっと色々あるよって教えてくれたんだ。そこまでの時間はなくて迷っていたら、夜十時までやっているって言ってくれて、その日はめちゃくちゃ仕事を頑張っていつもより早くに会社を出た」

「それこそ、閉店したバーやコレクターから、まとめて引き取ったんじゃない？」

「かもね。初めて見た夜の『ちぐさ』は、軒下のランプが綺麗《きれい》だったな。それでますます自分の店のイメージを妄想した。何というか、たぶん俺の精神状態もけっこう追い詰められていたんだと思う。会社は辞めたいけど、辞めてもやりたいことができるわけじゃなくて、その上、その気持ちを誰にも伝えられない。じゃあ、どうしたらいいんだって。正直、店を継いだ兄貴が羨ましくて仕方がなかった。でもさ、そんな状況でも、やっぱり親を心配させたくなかったんだよね」

「いい子だね」

「いい子のフリだよ。その夜、『ちぐさ』は忙しそうだった」

葵くんは驚いたそうだ。まさか昼間会ったおばあさんが一人で店をやっているとは考えていなかった。祖母は次から次へとたい焼きを焼き、お茶を出し、合間、合間で、雑貨を求めるお客さんの対応もしていたという。

その時になって、葵くんは話だけは聞いたことがあった「銀座のたい焼き」を売っているのが「ちぐさ」だと気付いたそうだ。

実家がもんじゃ焼き屋である葵くんは、なんとなく癖で店内の様子を観察していたらしい。雑貨を選ぶ客、たい焼きを待つ客、それを鮮やかにさばく祖母。

なぜか清々《すがすが》しい気持ちになった。葵くんは、壁際に置かれた錆《さ》びた道路標識や、いい具合に色あせた看板を眺めながら、いつまでも「ちぐさ」にいた。せっかくだから、たい焼きも食べようと思いながら、お目当てのヴィンテージ看板だけでなく、棚の色々な品物を見て回った。

葵くんは結局、一時間以上も店内をうろついていた。気付けば店内には葵くんだけになっていた。

その時、祖母が声をかけたのだ。「ずっと待たせて悪かったね」と。

「あ、たい焼き一匹お願いします」

葵くんは言った。商品を眺めていて、特に待っていたという意識はなかったが、頷いた祖母は続けた。「他のお客さんに譲ってくれていたんだろう」と。

祖母も、ずいぶん早くから葵くんが看板を眺めていたのに気付いていたのだろう。

「最後になっちまって悪かったね」

祖母はたい焼きを焼き、お茶を淹れてくれたそうだ。

「べつに他の客に譲っているつもりはなかったんだけど、そう言われれば無意識にそうしていた気もして、ああ、俺っていつもこうやって、人に何かを譲りながら生きてきたのかな、なんてショックを受けたんだよね。その夜は、それをおばあちゃんが気付いてくれたことがやたらと嬉しかった……」

葵くんは、その時食べたたい焼きの味が忘れられないらしい。尻尾《しっぽ》を食べて茫然とする彼を見た祖母は、してやったりという顔で笑ったという。

「おばあちゃん、あれだけ忙しかったのに、ずっと楽しそうに動き回っていたよ。俺もあんな風に仕事がしたいって衝撃を受けた。だから衝動的に言ったんだ。ここで働かせてくださいって」

「ホントに？」

「本当だって」

「大胆だね」

その時、二人は暖簾の前のベンチに座っていた。

もちろん祖母は断ったらしい。

大企業を辞めて、たい焼き。さすがに葵くんの親でなくても、もったいないと思う。

そもそも祖母はずっとマイペースでやってきたのだ。人を使うことなど考えたこともなかったかもしれない。最後に折れた理由は、葵くんの熱意もさることながら、さすがに高齢の祖母も疲れていたからだろう。今後のことも少しは考えたかもしれない。

葵くんは会社を辞めた。しかし、両親にはそのことも、「ちぐさ」で働いていることも伝えることができなかった。

気付かれないように、これまでどおりの時間にスーツ姿で家を出る。もともと通勤には自転車を使っていたし、帰りが遅いのもいつものことだ。

ただ、週末も必ず家を出る言い訳だけは苦労しているという。上司の付き合い、少年サッカークラブのコーチ、架空の彼女とのデート。葵くんもなかなか苦労が多い。

ひととおり語り終えた葵くんは、私に向き直った。

「綺羅さん、俺、たい焼きだけはちゃんとやるから」

つくづく葵くんはいい子だと思った。祖母が気に入ったのも無理はない。

クリスマスが過ぎ、年の瀬も押し迫った晴れた夕方のことだ。あれだけ華やかだった晴《はる》海《み》通りのビルのショーウィンドウも、今はすっぱりと新年に向けてのやや厳かなディスプレイに変わっている。ついこの前までクリスマスツリーが置かれていた場所には今度は立派な門松が飾られ、日本のおおらかさに思わず笑みが漏れる。

中途半端な時間の食事休憩を終え、ほのぼのとした気持ちで「ちぐさ」に戻った直後、ドアの蝶番《ちょうつがい》がきしんだ。

「いらっしゃいませ」と、もはや自然と体が反応する。

入ってきたのは、フェルト帽をかぶり、黒いコートを着たおじいさんだった。

帽子から覗く髪は真っ白で、上品に整えられた顎鬚《あごひげ》も白い。番台にいる私に気づくと、「美寿々さんはいらっしゃいますか」と丁寧に訊《たず》ねた。祖母が座る番台横のソファは、入口からだと棚の陰になってしまって見えない。

「いらっしゃい、アタシもちゃんといるよ」

祖母はソファを下りて入口に向かった。

「おお、美寿々さん。お元気でしたか」

男性は両腕を広げた。彼の雰囲気のせいか芝居じみた動作も大袈裟《おおげさ》に見えない。

「大鳥《おおとり》さん。そちらもお変わりなく。一年ぶりだね」

「いやいや、今年はなかなか散々でしたよ。年の初めに病気をして手術をしました。幸い、今はこうして出歩いていられます」

「それは大変でしたね。どうぞ、どうぞ」

祖母は男性を店内に導くと、自分のソファを勧めた。どうやら彼は特別なお客様らしい。

「葵、お茶」

祖母が暖簾の奥に声を掛けると、彼は「おかまいなく」と微笑《ほほえ》んだ。

私に顔を向け、「おや、また新しい若い方を？」とやんわり訊ねる。

「これはね、アタシの孫なんですよ」

祖母に促されて挨拶《あいさつ》をすると、彼は目をまん丸に見開いた。

「お孫さん。ということは、珠子ちゃんの……」

「はい、珠子の娘の綺羅です」

「おお、そうですか。これはこれは」

彼は目を糸のように細めて立ち上がった。

「お初にお目にかかります。美寿々さんとは長いお付き合いをさせていただいております」

帽子を取って丁寧に挨拶をした後、まじまじと私の顔を見つめる。

「そういえば、どこか美寿々さんの面影が……？」

「私、昔からあまり似ていないと言われます」

祖母に、つまりは母に。おそらく父親似なのだろう。あまり意識したことはないけれど。

間近に迫った大鳥さんの大きな目にたじろぎながら答えると、彼も「失礼」と身を引いた。彼も祖母のように澄んだ綺麗な目をしていた。透き通るようなブラウンの瞳《ひとみ》だ。

暖簾の奥からお盆に湯飲みを載せた葵くんが出てきた。

祖母がお茶を頼む時は、たいてい来客用なので祖母の湯飲みと客用のお茶碗《ちゃわん》がひとつ。でも、最近はそこに私の湯飲みも加わるようになった。

「やぁ、葵くん。一年ぶり」

「大鳥さん。いらっしゃい。たい焼きですね」

「うん。今年も二十四でお願いします」

「かしこまりました」

葵くんはお茶を配ると、すぐに暖簾の奥に戻ってしまった。すっかり顔なじみのようだ。

大鳥さんは湯飲みを両手で包むように持って、ソファから私を見上げた。

「ずっと昔、息子がそこの小学校に通っていたんですよ。私よりも先に『ちぐさ』のお客さんになったのは息子です。珠子ちゃんもよく知っていますよ。今もこうして続いているなんて、不思議なご縁ですねぇ」

と、祖母に微笑みかける。

「それにしても美寿々さんは変わりませんね。私はすっかり隠居生活です。昔はこの近くにあった新聞社で働いていました。忙しかったなぁ。あまり家にも帰れなかったけど、時々帰った翌朝は、息子と一緒に家を出るのが楽しみでしたね。手を繋《つな》いで、母親には内緒の話なんかをしてね」

大鳥さんは目を細めた。

「孝治《たかはる》くんは珠子より一学年上だったんだよ。賢そうな子だったね」

「美寿々さん、本当に賢い子だったんですよ。ひどいですねぇ」

「でも、木の型を見て、たい焼きください、なんて言ってきた子ですよ」

「まぁ、それはまだ小さな子どもでしたから」

和やかな思い出話は、どこか聞き覚えがあった。

木の型。きっと今も店頭に飾られている鯛《たい》の形をした和菓子の型だ。

「もしかして、大鳥さんの息子さんが、祖母がたい焼きを始めるきっかけをつくった男の子だったんですか」

大鳥さんは穏やかに微笑んだ。

「孝治は大の甘い物好きでね、特に餡子《あんこ》が大好きでした。母親がお汁粉やおはぎを作るとそれはもう大喜びで。私もよく和菓子を土産にしましたよ。忙しくてなかなか家族と過ごす時間がなかったので、罪滅ぼしのようなものです。幸い銀座では美味しい甘味がいくらでも手に入りますから。私が帰ると、孝治は玄関まで走って迎えにくるんですよ。もちろんお目当ては土産です。大喜びで包みを受け取ってね。本当に可愛《かわい》いものでした」

台所から、カタンカタンとたい焼きの型をひっくり返す音がしはじめた。暖簾を通して香ばしいにおいが漂ってくる。

「おお、いいにおいだ」

大鳥さんは顔を上げると、静かにお茶をすすった。

「ある時、休みの日に銀座に買い物に来たんです。妻と孝治、孝治の妹と私、いわゆる家族サービスです。めったにないことなので、洋食屋で食事をして、デパートで好きなものを何でも買ってやるぞって私も大盤振る舞いでした。妻には舶来の香水、娘にはお人形をプレゼントし、最後に、孝治は何が欲しいかと訊ねました」

大鳥さんは意味ありげに私に視線を送った。

「まさか、ここに？」

彼は満足げに頷いた。

「そうです。私の手を引いて、どんどんデパートから遠ざかっていきます。私は妻と顔を見合わせました。もしかして通っている学校でも見せたいのかしら、なんてね。泰明《たいめい》小学校の前まで来たら、急に曲がってここに着いたんです。後ろから追いかけてきた妻も妹も、軒下にぶら下がったいくつものランプを見て目を輝かせてね。孝治、嬉しそうだったなあ。自分のとっておきを私たちに見せて、得意になっていたんでしょうね」

「きっと自分の大好きな場所をご家族にも教えたかったんですね」

「孝治くんは、毎日のようにたい焼きはいつできるのって覗きにきたんだよ。そのうちに珠子とも仲良くなって遊んでくれてね。二人でよくそのあたりの棚を眺めていたよ」

会話に加わった祖母が視線を送った先は、今は可愛らしい張り子の犬グッズが並ぶ棚だった。

「アタシはそのたびに、もう少しって答えていたね。たい焼きなんて焼いたことはなかったんだ。当然だよ」

「まさにおばあちゃんがたい焼きの修業中だった時ってこと？」

「そうさ。その頃は朝からたい焼き屋に弟子入りして、午後になってからここを開けていたんだ。孝治くんに急《せ》かされると、『今は遠くまで漁に出ているからもうしばらく待って』なんて、子ども相手にくだらないこと言ってね。でも孝治くんもなかなかだよ。今度は『どこまで漁に行ったの』なんて聞いてくるから、アタシも『地中海だよ』って苦し紛れに答えてね。次の時には地図帳を持ってきて、『ここ?』って聞くから、びっくりしちゃったよ。本当に賢い子だった」

「そうそう、孝治は地図を見るのが大好きだったんです。遊んでやれない代わりに、本だけは山ほど買ってやりましたから。特に世界地図が好きで、大人になったら外交官にでもなるんじゃないかって妻と笑っていたものです。そう、それでね、その時孝治は、店先の鯛の木型を私に示して、もうすぐたい焼きもできるんだって教えてくれました。ここのおばちゃんが、今、練習しているんだって。孝治は私も大の甘い物好きだってよく知っていましたから」

「それが大鳥さんとの出会いだったね」

「孝治がおばちゃんなんて言うから、どんなご婦人がやっているのかと思ったら、美寿々さんが出てきて驚きました。妻の手前、必死に隠しましたが見惚《みと》れてしまいましたよ」

「若かっただけさ」

「お互いにね」

大鳥さんと祖母は、ふふっと笑い合う。

「その時はここで地球儀を買いました。孝治はずっと目をつけていたみたいですね。本当は鯛の木型が欲しかったみたいなんですけど、何でも、美寿々さんにここの看板みたいな物だから売れないと言われたそうです。とはいえ、地球儀も相当嬉しかったようで、クルクル、クルクル回しながら、しばらくは夢中になっていました。実はね、今もあるんですよ。もう昔みたいにクルクル回りませんけど」

話が途切れると、カタンカタンと葵くんの奏でる音が沈黙を埋めてくれた。

しばし耳を傾け、大鳥さんが再び口を開く。

「この時期に通いはじめていったい何年になりますかねぇ。あれから職場も移転しましたし、私も何度も引っ越しをして、退職を機にさらに郊外に引っ込みました。でも、やっぱりこの時期になるとここに来てしまうんですよ」

「何年というより、長い時間ってことじゃだめですかね、大鳥さん。アタシたちもすっかり歳を取った。それだけの長い時間です。アタシも色々とありましたよ。たい焼きも立派に焼けるようになって、店を繁盛させて、珠子を嫁に出して。まぁ、その珠子もとっくにいなくなってしまいましたけどね。それだけの本当に長い時間です」

「そうですなぁ」

のんびりとした二人の語り口にわずかに不穏な空気が混じったのを感じる。

大鳥さんは澄んだ瞳を私に向けた。

「孝治はね、たい焼きを食べることができなかったんです」

私の気持ちを読んだかのように静かに告げる。

「何というか、人懐っこくて活発な子でした。ダンプカーに撥《は》ねられて、本当にあっけなく命を落としてしまったんです。開発が盛んな時代で、あちこちで大きな車が走っていました。男の子ですからそういうのも大好きでね、近くで見ていたんでしょうね……」

「そんな……」

「アタシもびっくりしたよ。せっかくたい焼きができたのに、肝心の孝治くんがめっきり姿を見せない。ちょうど今頃の時期さ。学校でインフルエンザが流行《はや》っていて、珠子も学校を休んでいてね。てっきり孝治くんもなんて思っていたら、しばらくして大鳥さんが訪ねてきた」

「孝治から、もうすぐだって、聞かされていましたからね」

かすかに洟《はな》をすするのは、祖母か、それとも大鳥さんか。ひっそりとした店内に、カタンカタンと音が響いている。

「……この音、孝治が聞くことはなかったんですねぇ」

小気味のいい音を聞き漏らすまいとするように、大鳥さんは頭をもたげて、わずかに暖簾のほうに体を向ける。

「大鳥さんは、これでもかってくらいたい焼きを買ってくれた。孝治くんにたくさん食べさせるんだ、思う存分食べさせるんだってね。法要のたびにたんまり買って、参列者に配ってくれたんだ。なにせ大鳥さんは新聞社勤務で顔も広い。『ちぐさ』のたい焼きは、そこからもどんどん広がった。孝治くんが広めてくれたんだよ」

「……ちゃんと食べてくれたんですかねぇ、孝治は。そうと信じて、今も祥月命日が近づくとたくさん買って供えるんですよ」

「アタシも悔しかったよ。尻尾の塩昆布は、孝治くんを驚かせてやろうって仕込んだのに、結局、その顔を見ることができなかった。これまで食べたことのないようなたい焼きを食べさせてやりたかったんだけどね。……おかげでいつの間にか銀座名物だ。銀座のたい焼きが生まれたのは孝治くんのおかげさ」

祖母がたい焼きを始めたのは、入口の木型を見た男の子の一言がきっかけだった。それを知ってなるほどと思ったのはつい先日のことだ。でも、それだけではなかった。「ちぐさ」のたい焼き。その尻尾に詰まっているのは、餡と塩昆布どころじゃない。もっと甘くて、しょっぱくて、苦い思いがぎっしり詰め込まれている。そんなたい焼きを、祖母は何年も焼いてきたのだ。

静かな店内に大鳥さんがお茶をすする音が響《ひび》いた。

焼き型をひっくり返す音はいつのまにか止《や》んでいた。

「大鳥さん、お待たせしました」

葵くんが重そうな箱を抱えて出てくると、大鳥さんは立ち上がって両手で受け取った。箱の蓋《ふた》はまだ開けたままで、白い蒸気が立ち上っている。

「少しそこのベンチの上で冷ましたほうがいいね」

このまま袋に入れれば、蒸気で蒸れてしまう。

祖母の言葉に従い、大鳥さんは箱を下ろした。そのまま横に座る。

祖母はふと思いついたようにソファを下りた。

「大鳥さん、もう少しばかり時間は大丈夫ですか」

「ええ。この湯気が収まるまでは待ちますよ」

祖母は腕まくりをしながら笑みを浮かべた。

「アタシもね、いよいよ孫にここを譲ることにしたんです。アタシの最後のたい焼き、ぜひ食べて行ってくださいな」

「えっ」

私と葵くんは、ほぼ同時に声を上げた。

祖母は暖簾をくぐり、葵くんが「ちょっと、おばあちゃん」と後を追う。

「美寿々さんが焼いてくれるんですか。こりゃいい」

大鳥さんは愉快そうに笑っている。

祖母がたい焼きを焼くなんていったい何年ぶりなのだろう。暖簾をめくると、祖母がしっかりとたい焼きの型を握っていた。

私は持ったことがないけれど、きっと重いのだろう。祖母の腕にぎゅっと力が籠っているのが分かる。細い腕はやっぱり白い。肘《ひじ》から下に何筋か薄く茶色い痕《あと》が見えた。火傷《やけど》の痕だ。葵くんの腕にもある。長い袖《そで》はたい焼きを焼く時に邪魔になるから、肘の下までまくる。無防備なその部分は、少し気を抜けば熱せられた焼き型やガス台に当たって火傷をしてしまうのだ。

何だか込み上げてくるものがある。

雑貨とたい焼きで「ちぐさ百貨店」は続いてきた。きっと今の世の中、雑貨だけでは続かなかったと思う。たい焼きが評判にならなければ、銀座百店会《ぎんざひゃくてんかい》に名を連ねることもなかっただろう。

葵くんは後ろで心配そうに見守っていた。そっと餡の入ったバットを引き寄せ、餡をすくう木べらの向きを祖母に合わせる。やっぱり葵くんは気が利く。こうやって祖母を支えてきたんだろうなと思う。私だったら時々反発して、こんなふうに祖母とうまくやっていけなかった気がする。身内はやっぱり面倒くさいのだ。

私は真剣な祖母の顔を目に焼きつけようとした。いつも厳しい顔をしていると思っていたけれど、祖母は真剣だったのだ。そして、真剣にこの商売を楽しんでいた。葵くんも、祖母の後ろでじっとその姿を見つめている。

雑貨店のほうに戻ると、大鳥さんは、のんびりとベンチでお茶をすすっていた。

「いいにおいがしてきましたな」

しばらくすると、祖母は四匹のたい焼きを竹ざるに載せて戻ってきた。

久しぶりの祖母のたい焼き。

葵くんは尊い物を見るような目でじっとざるの上を凝視している。

「おお、美寿々さんのたい焼きは久しぶりですね」

「どうぞ、大鳥さん。熱いうちに召し上がれ」

祖母が竹ざるを大鳥さんの前に差し出し、みんなで順番に一匹ずつ手に取る。

焼きたてのたい焼きはピンと尾びれを立てていた。表面に焦げ色はなく、どちらかというと色白の体躯《たいく》に鮮やかに鱗《うろこ》模様が刻まれている。

しばらく眺めていた大鳥さんはゆるく首を振った。

「いい出来です。私のぶんは包んでいただいても構いませんか。せっかくの美寿々さんのたい焼きです。孝治に食べさせてやりたい」

葵くんが素早く立ち上がった。

「だったら俺の分を包みますから、おばあちゃんの焼きたては大鳥さんが食べてください。だって、おばあちゃんのですよ。俺のよりも絶対に美味しいから」

祖母はため息をついて、さっさと懐紙で自分のたい焼きを包んだ。

「アタシのを孝治くんにあげるよ。それでいいだろう。アタシはね、みんなにちゃんと食べてもらいたいんだ。なにせ最後のたい焼きだからね。ホントはもう一匹焼ければいいんだけど、あいにくもう腕に力が入らないよ。情けないねぇ」

祖母はぶらぶらと両手を振った。小柄な祖母が金型を操ることができたのも、昔取った杵柄《きねづか》といった感じで、体が動きを覚えていたからに違いない。実際はかなり重かったのだろう。

「おばあちゃんはいいの？」

私は祖母のたい焼きを食べたかったし、葵くんだって食べたいに決まっている。なにせ、本当にこれが最後になるかもしれないのだ。

「いいよ。もうとっくに食べ飽きている」

「じゃあ、遠慮なくいただきましょうか」

大鳥さんが音頭を取って、私たちはたい焼きを手に取った。

まっさきに齧りついたのは大鳥さんだ。横にいる私にまでサクッと音が聞こえる。すぐに、はふっと息を漏らす。

「はは、熱々ですね。焼きたてを食べたのは久しぶりだ」

二口目を頬張《ほおば》る。ゆっくりと咀嚼《そしやく》する。飲みこむ。大鳥さんは無言でたい焼きを食べつづける。大鳥さんの目に涙が浮かんできた。咀嚼に合わせて溢れた涙が頬を伝う。それでも大鳥さんはたい焼きを食べつづける。「うまいですねぇ。うん、うまいなぁ」時々、そんな声を漏らしながら、とうとう尻尾まできてしまう。

私も葵くんも、たい焼きを握ったまま大鳥さんを見つめていた。

祖母は急須《きゅうす》から湯飲みにお茶を注ぎ足している。

大鳥さんは最後の一口をゆっくりと味わい、ごくりと飲みこむ。

ギュッと閉じた目からは今も涙が流れていた。

「ご馳走様《ちそうさま》でした。ははは、いつもよりもちょっと昆布がしょっぱいかな」

湯飲みから立ち上る白い湯気の向こうで、祖母が少し笑った。

「ずいぶんだねぇ。顔を洗ってから、もう一匹食べ直してみるかい」

さっきはもう焼けないと言ったくせに、やっぱり口だけは達者だ。

「いやいや、もう十分美味しくいただきました。やっぱり焼きたては違う。ふっくらした昆布と餡が混じり合って、なんとも幸せな気持ちにしてくれる。美寿々さんのたい焼きは最高です」

失礼、と大鳥さんは目元を拭《ぬぐ》い、洟をかんだ。

「アタシは焼いただけだよ。タネも、餡も、こしらえたのは葵だ。今の『ちぐさ』のたい焼きはすっかり葵のたい焼きだよ」

「そうでしたね」

大鳥さんが微笑む。

「ほら、アンタたちもさっさと食べないと冷めちまうよ」

祖母に促され、私と葵くんは慌ててたい焼きに齧りついた。

まだ熱い。縁はサクッとしていて、中の餡も舌を火傷しそうなほどだった。私たちは、ハフハフ言いながら、尻尾までたいらげた。最後は餡と塩昆布が混じり合って、甘じょっぱい旨《うま》みが口の中を支配する。ああ、この味だ。単に美味しいのではない。複雑なのだ。言葉ではとても言い表せないほどに。

「さて」

大鳥さんはベンチの上に置いていたたい焼きの箱を閉じた。もう湯気は上がっていなかった。

「毎回のことで恐縮ですが、軽く電子レンジで温めた後は、オーブントースターでお願いします」

葵くんがレジ袋に箱を入れながら言う。

「うん。ここで食べる焼きたてには、とても敵《かな》わないけどね」

これから地下鉄を乗り継いで帰るという大鳥さんを、私たち三人で入口まで見送った。

大鳥さんは最後に鯛の木型にそっと触れた。

きっと孝治くんもこうやって木型にいつも触れていたのだろう。すっかり本来の役割を忘れた鯛の木型は、おびんずる様のようにつやつやと輝いている。

葵くんはたい焼きの入ったレジ袋を大鳥さんに差し出した。

「いつもありがとうございます」

「こちらこそ。ああ、これだけはちゃんと言っておかないといけませんでした」

大鳥さんは自分よりも十センチほど背の高い葵くんを見上げた。しっかりと目を見て言う。

「葵くんのたい焼き、美寿々さんのものと遜色《そんしょく》ありませんよ。最初からそう思っていました。美寿々さんからあなたにたい焼きを引き継いだって聞いた時は、寂しく感じたのも事実です。でも、食べてみて驚きました。妻も気付きませんでしたよ。だから自信を持って、これからも焼きつづけてください」

大鳥さんは、レジ袋を受け取りながら、葵くんの手に自分の手を重ねた。

「いつまでも、ここを大切にしてください」

最後は私に向き直り、深々と頭を下げる。

「では、美寿々さん、また」

「いつもありがとうございます、大鳥さん。お元気で」

祖母は「また」とは言わない。言わないまま、手を振って有楽町方面に去っていく大鳥さんを見送った。

　大鳥さんがみゆき通りの角を曲がると、祖母は勢いよくドアを閉めた。

「さて、今年の大仕事も終えたね。仕事納めになると大口の予約が立て込むけど、アタシにとっては毎年これが一番の大仕事だよ」

　祖母がパンッと両手を鳴らし、ことさら明るい声を発した。

　私も葵くんも、胸が詰まったようになっていて、先ほどから言葉を発せずにいる。

「もう一杯、熱いお茶でも飲みたいねぇ。葵、頼むよ」

「はい」

　葵くんは弾《はじ》かれたように暖簾の奥に飛び込み、祖母はゆっくりと定位置のソファに戻っていく。

　取り残された私は、大鳥さんのように鯛の木型を撫《な》でた。孝治くんだけでなく、母もこうやって鯛を撫でていたに違いない。

　孝治くんも、母ももういない。けれど、たい焼きは葵くんが焼きつづけ、母の娘の私がここにいる。

「大切にしますから」

　誰にも聞こえないように、でも、鯛の木型には聞こえるようにそっと呟《つぶや》いた。

　カタンと音がした。

葵くんがお盆を持って戻ってくる。お盆には、湯飲みが三つとたい焼きが一匹。

「おばあちゃんの分だよ。たまには俺が焼いたのもチェックしてもらわないと」

「葵は心配性だねぇ。十分美味しいってのに。それにしても、今日は久しぶりに働いたから、甘い物がありがたいね」

葵くんは嬉しそうに笑った。

私は自分の居場所を求めていたけれど、ここは私だけの大切な場所じゃない。祖母も、葵くんも、これまで「ちぐさ」を訪れてくれたたくさんのお客さんにとっての大切な場所になっている。だから、守っていかねばならない。

葵くんの淹れたお茶は熱々で、祖母は熱すぎると文句を言ったけれど、私にはちょうど良かった。白い湯気が滲《にじ》んだ目元を隠してくれる。

第三話　つげの櫛とアンティークのティーセット

年が明けた。通りには日の丸の旗がひらめき、新年の華やかさとセールの喧騒《けんそう》、さらに多くの観光客でひときわ賑《にぎ》わった銀座《ぎんざ》の街もようやく落ち着きを見せ始めた一月の末。私は晴天の晴海《はるみ》通りを有明《ありあけ》方面に向かって歩いていた。

正面から吹き付ける風は冷たいけれど、日差しは眩《まばゆ》く、空は吸い込まれそうなほどに濃い青色。気持ちがいい。けれどその爽快《そうかい》感を素直に楽しめないのは、向かう先が祖母のマンションだからである。

東銀座《ひがしぎんざ》を過ぎ、築地《つきじ》本願寺《ほんがんじ》の横を通過すると、広い歩道ですれ違う人々もぐっと減り、そのほとんどがこのあたりに住まう人のように見える。

勝鬨橋《かちどきばし》に差し掛かるといっそう風は強くなり、顔を逸《そ》らして思わず立ち止まる。眼下の隅田川《すみだがわ》は空を映して青くうねり、日差しを反射して煌《きら》めいている。このままずっと水面《みなも》のうねりを見守っていたい衝動に駆られるが、気を取り直して歩みを進める。

橋を渡り切ればそこは勝《かち》どきエリアで、目の前には晴海通りを挟むようにタワーマンションがそびえ立っている。というよりも、ここより先は何棟もの高層マンションが立ち並んでいる。

祖母の暮らすマンションは月島川《つきしまがわ》に近い、古くてさして大きくもない建物である。というのも、東京の湾岸エリアにタワマンが次々に建設されるようになったのはここ二十年くらいのことで、それまでは大江戸《おおえど》線の勝どき駅も存在しなかった。

その頃《ころ》の私はほとんど祖母のマンションを訪れることもなく、いつの間にか周囲にそびえ立ったビルに驚いたけれど、東京らしいそんな景色さえ楽しく思えた。

再び立ち止まって、ひときわ高くそびえるタワーマンションを見上げる。ここは新しく作られた街だとしみじみ思う。その移り変わりを眺めてきた祖母はどんなふうに感じてきたのだろう。

昨年の暮れに大鳥《おおとり》さんが来店してから、ちょっと葵《あおい》くんが変わった。

雰囲気がやわらかくなった。もしかしたら私に対する警戒を完全に解いていなかったのかもしれない。たとえ福助《ふくすけ》さんのバー「福《ふく》の麦《むぎ》」に行き、二人でビールを飲んだとしても、私はやっぱり祖母と葵くんの間に入り込んだ邪魔者なのだ。

葵くんがどれだけ祖母を慕っているかは、普段の態度を見れば分かる。

祖母は葵くんに居場所と夢中になれる仕事を与えたのだから。

祖母が焼いたたい焼きを食べたあの日、私たちは完全に祖母の引退を認めることとなった。同時に、私と葵くんの覚悟も決まったのだった。

大鳥さんを見送り、葵くんが焼いたたい焼きを食べた祖母が「今日は疲れたからもう帰るよ」と、いつもよりも少し早めに「ちぐさ」を出ると、その後は予想外の忙しさになった。

たいてい閉店前の一時間はいつもバタバタと慌ただしいのだが、その夜は一気にお客さんがなだれ込んできた。たい焼きを待つ人、雑貨を眺める人で店内はいっぱいになり、これほどの忙しさは、私が来てから初めてだった。

クリスマスが終わっても、年末の買い物で銀座は賑わう。何かと会合の機会も増える。まさにそれを思い知らされた。

私は葵くんが型から外したたい焼きを次々に箱に詰め込んだ。熱さにひるんでいると、さっと軍手を手渡され、私たちは黙々と役割を果たしていた。

最後の客を見送ると、額に浮いた汗をぬぐいながら葵くんが言った。

「俺《おれ》が初めてここに来た夜もこんな感じだった。おばあちゃん、一人で必死にお客さんを捌《さば》いているんだもん。そりゃ、手伝いたくなるよ」

「その時の葵くんはお客さんだったのに」

「実家が商売やっているからかな。なんか血が騒ぐ」

「やっぱり会社員には向いてないね」

忙しさの興奮を引きずって、「福の麦」に行こうか、という流れになった。

前に祖母が言っていた通り、たまに酔って帰ったほうが、葵くんの家族も安心するらしい。そうでないと、毎晩帰りが遅い葵くんは、残業ばかりで大丈夫かと心配され、さらにはお酒を飲む同僚もいないのかと、気を揉《も》まれてしまうそうだ。

「おばあちゃん、引退宣言をするのは、大鳥さんが最初って決めていたんだろうね」

「問題なのはいつまでいてくれるかってことだよ」

「まだしばらくはいてほしいね」

「おばあちゃんの部屋の片付けは？」

「何かしら理由をつけて、できるだけ延ばすつもり」

「そこはまかせたよ」

その夜の葵くんは、ボトルも中身も黒いアイルランドのビールを選んだ。

「葵くんは大鳥さんのことも知っていたの？」

つまりは孝治《たかはる》くんのことを。

「焼きはじめて三年目にさっきの話を聞かせてくれた。最初の二年は、大鳥さんのたい焼きはおばあちゃんが焼いたんだ。大切な常連さんだからって。三年経《た》って、やっとおばあちゃんは俺に焼かせてくれた。その時は三十匹だった。十五匹入りの箱を二段重ねて手渡したんだ。『重いですよ』って。その時、大鳥さんに訊《き》かれたんだよ。『ちぐさ』のたい焼きは一匹何グラムかって」

「何グラムなの？」

　正確な重さなんて考えたこともなかった。

「ほとんど餡《あん》の重さで百グラム。最初の頃は秤《はかり》を横に置いて、おばあちゃんに厳しく教えられたんだ。今は感覚で百グラムの餡を載せられる」

　その時、大鳥さんは言ったそうだ。

「今日のたい焼きは三十四でおよそ三キロ。案外重いものです。美寿々《みすず》さんから受け取った箱はずっしり重くて、手のひらにはたい焼きの温かさが伝わってくる。胸が詰まりました。息子が生まれて、初めて抱いた時のことを思い出したんです」と。

　大鳥さんは箱を抱えたまま泣いてしまい、そんな彼に祖母がいつまでも寄り添っていたそうだ。この時に葵くんは「たい焼きください」と言った男の子が、結局たい焼きを食べられなかったことを聞かされたという。

　大鳥さんは、毎年たい焼きの箱を大切に抱えて帰っていくそうだ。

「『ちぐさ』のたい焼きは、大切に守っていきたい。俺はやっぱりそう思う」

「たい焼きだけじゃないでしょ。『ちぐさ百貨店』もね」

「うん」

　私たちは無言でチビチビとビールを飲んだ。夏ならグイグイ行くところだけど、季節は冬。福助さんは店内の暖房をかなり効かせているけれど、そもそも喉《のど》が渇いているわけではない。

「ねぇ、葵くん。私、十八年ぶりに『ちぐさ』に来た時、葵くんがいてびっくりしたんだ。てっきりおばあちゃんしかいないと思っていたし、おばあちゃんが誰《だれ》かと一緒に働けるなんて考えられなかったから」

「さすがにあの歳《とし》で完全に一人は無理でしょ」

「そうだけど、あの時の私は、おばあちゃんならできているって信じて疑わなかった。何だろう、おばあちゃんは私にとって無敵の存在だったんだよね。ずっと会っていなかったせいもあるけど」

「俺が邪魔だった？」

率直に訊かれたので、私も正直に言う。

「なんだ、コイツって思ったよ。しかも、おばあちゃんのことを『おばあちゃん』なんて呼んでいるんだもん。あの人、昔は孫の私以外の人が『おばあちゃん』って呼ぶのを絶対に許さなかったのに」

「おばあちゃんがそう呼べって言ったんだよ。そうじゃなければ、俺だって『美寿々さん』って呼んだと思う」

少しバツが悪そうに葵くんが言い、私は笑った。

「うん。葵くんはお年寄りを見て、誰でも『おばあちゃん』『おじいちゃん』って呼ぶタイプには見えないかな。そのあたりも、俺、よく分からない」

「そもそも、孫がいなくても、高齢の女性だったら『おばあちゃん』って他人が呼んでいいのかな。そのあたりも、俺、よく分からない」


「葵くんっぽい。でもさ、思うんだよ。おばあちゃんも寂しかったんだって。それに、心細かったんだと思う。いくら病気はなくても、やっぱり歳が歳だもん。ほったらかしにした私に言う資格はないけど……」

「俺もハッキリ言うよ。俺も綺羅《きら》さんを邪魔だと思った。本物の孫がいるっていうのもショックだったし、どうして今さら来るんだよとも思った。まぁ、俺もいざおばあちゃんがどうにかなった時、一人で『ちぐさ』を守れるわけじゃないから勝手な話なんだけど」

「ある意味、みんな勝手だよね。おばあちゃんも勝手だよ」

「そうだね。俺も、『ちぐさ』をうまく利用させてもらっているし」

「ずっとたい焼きを焼いてよ」

ちらっと葵くんを見る。

「焼くよ。でも、いつまでスーツを着て家を出るんだろうって思うことも事実」

「そうだね」

「それでも、たい焼きは続けなきゃ。それは、俺の夢とはまた別の問題だ」

葵くんが少しずつ本音を語ってくれるのが嬉《うれ》しかった。

その後の一か月で私は『ちぐさ』に関する様々なことを祖母から叩《たた》き込まれた。祖母は相変わらず昼過ぎに来て、ソファの上でのんびり過ごす。けれど、容赦なく私を働かせる。あれはこう、それはこう、と次から次へと言ってくる。私が頭の中を整理している時には、祖母は常連客との会話を楽しんでいる。そしてさりげなく私を紹介し、やんわりと引退を伝えているのだった。

それは、祖母からの遠回しの催促のようでもあった。

私は、これまで返事を濁してきたことにようやく頷《うなず》いた。

祖母の部屋の片付け。

それが一月最後の定休日の今日だった。

気付けば足が止まっていた。隅田川がうねっている。どれぐらい深いんだろうと思う。うねりはまるで生き物のようで、見ていると吸い込まれそうになる。上流から一隻の小型船が猛スピードで近づいてきて川面《かわも》を割る。真下を通過して、ようやく私は顔を上げる。

「行かなきゃ」

地下鉄でもバスでもなく、徒歩を選んだのは、ゆっくりと考える時間が欲しかったからかもしれない。

それに葵くんだ。最近は、飲んだ後は歩いて帰ると言っていた。

勝どきと葵くんの家がある月島はそんなに離れていない。葵くんが歩いて帰れるなら、と考えた。道路はまっすぐだし、歩道も広い。夜は高層マンションの明かりがきれいだとも言っていた。今は真昼間だけど。

でも、もうお散歩はおしまい。勝鬨橋からちょっと歩けば祖母のマンションだ。

たとえ一分の遅刻でも「遅かったね」と言われるのは目に見えている。だから、だいたい何時頃と伝えたのだけど、その「何時頃」もすでに十五分過ぎている。

今さらマンションの片付けを延ばせないのは分かっている。施設に入るという祖母の意思は強固だ。そのためにマンションを引き払う手伝いも、孫の私がすべきだというのも納得している。

でも、もしも今日の片付けで、部屋の中から母の遺品が出てきたら、と考えてしまう。私はどうするのだろう。祖母はどういう態度を示すのだろう。

昔とはあまりにも周辺の環境が変わってしまったので、住所を頼りに、スマホで経路案内を設定して、ようやくマンションにたどり着く。

かつては真新しく思えた建物は、近隣の真新しいタワマンに比べてずいぶん貧相だ。それも当然。すでに築四十年を超えている。今ではまぎれもない老朽マンションである。管理がいいのかエントランスの掃除だけは行き届いていて、そういうところは祖母の住まいに相応《ふさわ》しく思えた。

揺れが気になるエレベーターで四階に上がる。共有廊下を吹き過ぎる風は、川も海も近いせいか湿ったにおいがした。

インターフォンを鳴らすとドアが開き、待っていましたとばかりに祖母が出迎えた。予想した「遅かったね」という言葉はなかった。かわりに、「悪かったね」と言われ、何だか拍子抜けする。

まずは三越《みつこし》の地下で買ってきたパンの袋を差し出した。間もなくお昼時。手土産《てみやげ》というよりも自分たちの食事だ。

「悪いね」と、祖母はまた同じ言葉を繰り返し、私を部屋の中に導く。広くはない玄関には造り付けの下駄箱《げたばこ》があり、その上にアンティークの磁器人形が置かれていた。

ふわりとドレスの裾《すそ》を広げた貴族らしい女性の人形は、昔は居間に飾られていて、触っちゃダメだよと何度も注意されたことを思い出す。

「おばあちゃん、こんなところに置いているの？」

「大事だから置いたんだよ。奥の部屋を片付ける時に落としでもしたら大変だからね」

ぼんやりとした違和感を覚えながら居間へ足を踏み入れる。

居間はがらんとしていた。

つまり、最低限のものしかない。

テレビすらなく、部屋の中央に敷かれたペルシャ絨毯《じゅうたん》の上には食事に使うであろう小さなテーブルと壁に寄せたキャビネット。その中にはかつてのコレクションの一部と思われるティーセットもあるが、それでも空間が目立つ。

予想外だった。

「こっちも見ていい？」

はやる気持ちを抑えて、横の寝室のドアを開く。こちらも桐箪笥《きりだんす》がひとつと鏡台のみ。押入れの中は畳まれた布団が一組入っているだけだった。

子どもの頃の記憶では、居間も寝室もたくさんの物で溢《あふ》れていた。単に捨てられない雑多な品というわけではなく、きちんと整理され、整然と並んだ祖母のコレクションだった。

居間にはキャビネットの他にいくつか棚があり、絵皿やグラスが飾られていた。テレビやラジオはもちろんのこと、どっしりしたレコードプレーヤーだってあった。たくさんの本や雑誌、壁や棚の上には細々《こまごま》とした装飾品が溢れていた。

あれほどあった祖母のコレクションがことごとくなくなっている。

私は茫然《ぼうぜん》と突っ立っていた。

「どうしたの、これ」

「片付けたんだよ。だいぶ前から少しずつね」

「あんなにあったのに？」

「アンタが子どもの頃じゃないか。何年経ったと思っているんだ。それに、葵に店を任せるようになってから、アタシにもずいぶん時間ができたからね」

朝から夜遅くまで何もかもを一人でやっていた頃と違い、祖母は昼過ぎにやってきて、夜も八時には帰ってしまう。片付ける時間がたっぷりあったというのは分かるが、それでも予想とはまったく違う部屋のシンプルさに戸惑うのは当然だ。

「一人でやったの？」

「そりゃそうだよ。他に誰がいるっていうんだい。まぁ、大きい家具を運び出したのは業者だし、細々としたものは『ちぐさ』に送っただけさ。それも業者に取りに来てもらったけどね。あとは少しずつせっせと捨てた。今残っているのは、アタシが捨てられなかった物だよ。だからアンタを呼んだんだ」

「それって、大切な物ってことじゃない」

「大切な物っていうんなら、これまで処分した全部が大切だったたよ。アタシがこれまで集めてきた物なんだからね」

祖母はかつての光景を眺めるように室内をぐるりと見まわし、最後は私で視線を止めた。

「……でも、熱海《あたみ》には持っていけないだろう。身も心もサッパリした気持ちで、新しい場所に行くよ。アンタが見て、『ちぐさ』に置くなら置く、いらなければ捨てればいい」

「そんな……」

「どうせ本当の最期には何も持っていけやしないんだよ。不思議だねぇ。あれだけ物に対して執着があったはずなのに、一度サッパリしようと思ったら、まるで未練がないんだ」

母の遺品に対しても、そんなふうに考えたのだろうか。

だったらここにはきっと母の物など残っていないだろう。

そう思うと少し気持ちが楽になった。

「でもさ、少しぐらい持っていけばいいじゃない。玄関のお人形だってずっと大切にしていたんだから」

「もう十分楽しんだよ。持って行ってもどうせ最後は始末することになる。その時に片付けるのは、綺羅、結局アンタになるんだよ」

「でも……」

「なんだい、これから生まれ変わろうとしているのに。もう銀座にしがみついていたアタシじゃないんだ」

「生まれ変わる？　これから？」

「そうだよ。悪いかい」

祖母は口を尖《とが》らせた。家にいるのに、いつもどおりに化粧をしている。私にしか見せないというのに。でも、私はこんな祖母しかやっぱり知らないのだった。

「分かったよ。でも、もう片付けるものなんてほとんどないじゃない」

「そうだけど、最後が重要なんだよ」

「先にお昼にしない？　喉も渇いちゃった。銀座から歩いて来たんだもん」

「バス代もないの？」

「さすがにバス代くらいあるよ。葵くんのマネ。時々二人で福助さんのバーで飲むの。そういう時、葵くんは歩いて帰るんだって」

「若いからね」

「うん、若いね」

ちょっと羨《うらや》ましい。葵くんは「もう三十一だ」なんて言うけれど、私よりも十歳も若い。その十歳はとても大きい。まだ、何でもできそうな気がする。

祖母がたい焼きを焼き始めたのもそのくらいの歳の時だったはずだ。そのたい焼きが、今では「銀座のたい焼き」と呼ばれている。ならば葵くんだって、バーでも喫茶店でも何でもできそうな気がする。でも、今は「ちぐさ」で頑張ってほしい。

そして、この一月に四十一歳になった私はいったいこれからどうなっていくのだろう。

チラリと横を見れば、祖母はさっさとテーブルについて、私が買ってきたパン屋の袋の中身を広げていた。椅子《いす》は一脚しかない。祖母は足が悪いから、私は床に座るしかない。

台所に行き、やかんでお湯を沸かす。ポットはない。

こちらの棚の中もスッキリしていて、日本茶とドリップパックのコーヒー、紅茶がどれも一種類ずつ入っていた。紅茶の缶に手を伸ばす。リプトンのダージリン。昔からこれだったから懐かしい。

「紅茶でいいよね」

「任せるよ。あ、カップはこっちのキャビネットに入っている」

取りに行くと、ロイヤルアルバートのティーセットだった。

「それも今日使ったら持って行っていいよ」

「でも、他にカップはないんじゃない？」

「湯飲みでいい。湯飲みと急須《きゅうす》。それがあれば何でも飲める」

もはや祖母はシンプルライフを極めようとしているようにも見えた。

「綺羅、お皿」

目に付いたお皿はウェッジウッドのシンプルな白いお皿。

昔は台所の棚にも、ティーセットやカトラリーセットの箱がぎっしりと詰まっていた。母が娘の小学校のバザーに出すからと、せがんで貰《もら》い受けた記憶がある。一家庭につき一品を持ち寄るのがルールだったのだ。今はその棚も空っぽになっている。

私が手渡したお皿に祖母がパンを並べ始める。

「アタシの好きなコーンパンだ。並んだかい？」

「少しね」

私はオレンジピールの入ったパンを食べる。紅茶を飲む。カップのせいか、優雅なティータイムをしている気分になる。ガランとした古いマンションなのに。

コーンパンを食べていた祖母が、それも美味《おい》しそうだと言うので、オレンジピールのパンを半分にちぎって渡す。でも祖母はコーンパンを一人で食べてしまう。

「私にはくれないの？」と言うと、祖母は「アンタはいつでも食べられるだろ」と返してきた。

「たまに持って行くよ、コーンパン」

「いいよ。熱海は遠いし」

「行くよ」

「いいってば。それじゃあ、何のために熱海にしたのか分からないだろ」

「また、そういうことを言う」

「十八年」

「え」

「十八年間、一度も会わなかったけど、だからって別にどうってことなかっただろ。アンタはアンタ、アタシはアタシ、それぞれの場所でちゃんと生きてきた。同じだ。珠子《たまこ》から蓼科《たてしな》で暮らすと聞いた時も同じだったよ。それぞれの場所で、ちゃんと生きていてくれればいいってね。それが人生ってもんだろう」

「でも」

時々は祖母のことを思い出した。どうしているのかなと考えた。でも、きっと昔と変わらず「ちぐさ」の番台に座っているんだろうなと思っていた。そう思い込んで、会いに行かない言い訳にしていた。

理由は色々ある。母の遺品。久しぶりに会うのが気まずくて面倒でもあった。何よりも自分の生活に必死で、他人のことを気に掛ける余裕がなかった。身内だと思うからこそ、甘えが出た。許せなくても、ほったらかしにしていても、祖母が身内だという意識はどこまでもこびりついていた。勝手だな、と思う。

「でもさ」

必死に考えて、言葉にまとめる。

「今までとは違うじゃない。会わないってことは、もう一生会えないってことかもしれないんだよ。いや、さすがにそれはないけど、こうやってバカみたいなやり取りができる間にもっと会いたいよ」

「今さら何を言っているんだ。アタシは決めている。誰にも迷惑をかけない。まぁ、これから世話になる施設の人には迷惑をかけるかもしれないが、潔く銀座から身を引く。今はちょっと珠子の気持ちが分かるんだよ。ずっと賑やかで華やかな街で暮らしているとね、無性に離れたいと思う瞬間があるんだ。それが来た。これからは海の見える場所で暮らす。心機一転だよ」

その決意はさっぱりと片付いた部屋を見れば分かる。すべて脱ぎ捨てて、新しい土地に向かいたいのだと分かる。人との付き合いもだ。たとえそれが家族であっても。だからわざわざ遠い施設を選んだのだ。

「……じゃあ、送る。コーンパン。たまには食べたくなるでしょう。向こうにも美味しいものはいくらでもあると思うけど、銀座でしか買えないものもあるでしょ。葵くんのたい焼きだって……」

空也《くうや》の最中《もなか》、ウエストのシュークリーム、千疋屋《せんびきや》のフルーツサンド。祖母のお気に入りはたくさんある。時々、店を抜けて買いに行く。電話で予約をしている時もある。

「たい焼きはいいよ。焼きたてには敵《かな》わない」

「そうだけど……。でも、やっと会えたのに」

会う決心がついたのに。

「じゃあ、綺羅は何のために今さら『ちぐさ』に来たんだ」

言葉がない。祖母があと二十歳若ければ、来なかったかもしれない。でも、人は歳を取る。祖母も歳を取ったし、私も歳を取った。私だってせめて三十代なら、もう少し求職活動にも積極的になれたかもしれない。

「……いつ」

この部屋を見れば、さすがに長くここにいるつもりはないのだろうと分かる。何もかも一人で決めて動くのが祖母だった。すっかり忘れていた。

「来月の半ばには行くよ」

あと半月しかない。

「……そう。でも、この部屋の明け渡しとか、施設への入居はさすがに一人じゃ無理よね」

祖母が「ちぐさ百貨店」の建物の名義を私に変更すると言い出したのは、私が働き始めてすぐのことだった。すでに生前贈与という形で私に代わっている。祖母は着々と計画を進めている。進めた上での私への連絡だったのだ。そもそも施設への入居だって、そう簡単に決まるとは思えない。そこで気づく。

「もしかして、お父さん？」

「隆志《たかし》が車を出してくれるって。遠いからいいって言ったんだけど、そこは譲らないんだよ。頼りない男だと思ったけど、頑固なところは頑固なんだよ。言いぶんがいいよ。信州《しんしゅう》の冬は厳しいから、自分も熱海の温泉宿に泊まりたいんだってさ」

母がいなくなってもう長い。父なりに祖母のことを気遣ってきたに違いない。婿養子の義務を今も忠実に果たしている。

「私、何も聞いていないんだけど」

「アンタが今日、アタシの部屋を片付けることだって言っていないだろう」

私がここに来ていることは、葵くんしか知らない。離れたところにいる父に話しても仕方がない。そう思って、わざわざ伝えなかった。

「そういうもんだよ」

「家族なのに」

私の呟《つぶや》きは聞こえなかったのか、紅茶を飲み干した祖母は立ち上がった。

「さぁ、いつまでものんびりしていられないよ」

冬の夕暮れは早い。五時だというのにすでに真っ暗で、ずしりとした紙袋を両腕に下げてマンションを後にした私は晴海通りに出た。とぼとぼとバス停へ向かう。

紙袋の中身は、下駄箱の上にあった磁器人形とキャビネットのティーセット、あとはお土産にもらったという人形がいくつか。人形は処分しにくい、というのは何となく分かる。売り物にならなくても、「ちぐさ」の店内の装飾には一役かってくれるだろう。

いよいよ祖母の部屋には生活に必要な最低限の物しかなくなってしまった。目に見える場所以外の物はすべて処分したいと言うので、押入れなどの収納部分はすべて空っぽにしてきた。

片付いたというよりも殺伐とした印象の強い部屋を見た祖母は、未練などまったく見せず、満足げな笑みを浮かべていた。

まさに終活。祖母は部屋にあったものと一緒に、気持ちまでサッパリと整理してしまった。何だかそんな祖母を見るのが切なかった。

バス停は高層マンションの下にあり、隅田川のほうから時々強い風が吹いてきた。寒い。手ぶらなら地下鉄を乗り継いでまっすぐ帰宅できたが、さすがに荷物は「ちぐさ」に運んでしまいたかった。

バスに乗り込むと、紙袋を床に置いてつり革につかまった。本当は床に置きたくはないけれど、車内は思いのほか混んでいたので仕方がない。

結局、母に関《かか》わる物はなにひとつ出てこなかった。

本当にもうどこにもないのかもしれない。

十八年前、祖母が言ったように、すぐに売れてしまったのかもしれない。

祖母にとっては、何もかもが簡単に手放してしまえる物だったのだ。

誰よりも形ある品物を愛しているかと思えば、時にまったく執着を見せない。やっぱり祖母がよく分からない。

数寄屋橋《すきやばし》でバスを降り、巨大な黒い塊に見える東急《とうきゅう》プラザビルの脇道に入る。さすがに真冬のこの時期、数寄屋橋公園のベンチに人影はない。ざわざわと頭上で枝が揺れているだけだ。

私は祖母の荷物を「ちぐさ」に置いたらすぐに帰るつもりだった。

「あれ」

「ちぐさ」のドアから明かりが漏れている。まずい。祖母のマンションに行く前にもここへ立ち寄った。何となく気持ちが落ち着かなかったからだ。その時に明かりを消し忘れたのだろうか。もしも祖母や葵くんにバレたら、間違いなく「もったいない」と怒られる。

しかし、鍵《かぎ》を開けようとして気が付いた。

鍵が開いている。葵くんがいるのだ。

定休日は月曜日。普通の会社員なら出勤しなくてはおかしい。毎回外にいるのも大変だろうからと、祖母は葵くんに店で過ごすことを許していた。

店内はほんのりと温かく、紙袋を両手に下げた私を見て、葵くんは「お疲れ様」と読書中の本から顔を上げた。

スーツ姿のまま暖簾《のれん》の前のベンチに座って、喫茶店経営のノウハウが書かれた本を読んでいたのだ。

「いたんだ」

「日比谷《ひびや》で映画を二本見たら、さすがにやることがなくなった」

「難儀だねぇ」

「その言い方、おばあちゃんみたい」

「……うるさい」

おおかた、祖母の部屋の片付けが気になって待っていたのだろう。本当は葵くんも手伝おうかと言ってくれていた。きっと荷物が多いだろうから車を出そうか、とも。

　祖母のお気に入りだけあって、優しい子だなと思ったけれど、私は断った。これは祖母と孫の私でやるべきこと。それに、荷物は多いだろうと予想してひるんでいたけれど、実際はそんなことはなかった。

「ずいぶんさっぱりした部屋だったよ。引き取ったのはこれだけ」

「うそ」

「本当だよ」

　両手の紙袋を持ち上げてみせると、葵くんは目を丸くした。私もベンチに座って、袋の中身をベンチに並べる。二人掛けのベンチの半分に収まってしまう。

　最後にいくつかの怪しげな人形を取り出すと、葵くんは笑い出した。その人形をつつきながら言う。

「てっきり、ここと同じくらい色んなものがあるのかと思っていた」

「私も。昔はそうだったんだよ。でも、一人でコツコツ片付けていたみたい」

「そんなに前から準備していたってことか」

葵くんは少し傷ついたようだった。

番台の後ろの鳩《はと》時計がポッと鳴いた。ポッ、ポッ、と続き、七回。昔は売り物だったけれど、結局売れないまま、ずっと壁にかかっている。いつの間にか、かつてのように「ポッポー」と鳴かなくなって、寸足らずの「ポッ」になった。もう売れることはなく、この先もこの壁にかけられているに違いない。

「葵くん、ラーメンでも食べて帰ろうか」

帰りのバスの中から、晴海通りのラーメン屋ばかりがやけに目について、無性に食べたくなったのだ。バス停で冷えたせいかもしれない。

「いいね。温まるし」

「うん、温まろう」

今から食事をして帰れば、葵くんも「いつもよりちょっと早めに帰れた」と言うのにちょうどいい時間だろう。

葵くんと私は「ちぐさ」を出た。誰かと話がしたかった。

祖母の家にあったアンティークの磁器人形は、棚に置いた翌日には売れた。買ったのは、上の階で「スナック弓月《ゆづき》」を営む月子《つきこ》ママだ。

二階へ上がるには、「ちぐさ」の入口とは違う、建物の外階段を上らなくてはならないが、同じ建物の上と下で商売をしているのだから時にはバッタリ顔を合わせることもある。

ある日、軒先でたまたま私を見かけた月子ママは、すぐに私に気付いて「綺羅ちゃん」と声を掛けてくれた。

「いつ戻ってくるかと思っていたのよ」とやんわり言われ、祖母は、私が店を飛び出してから一度もここを訪れていないことを、ママに話していたんだろうなと思った。

もともと月に何度かたい焼きを買いに来ていたママは、それからは週に一度は来るようになった。祖母の引退を何となく感じ取ったのかもしれない。

そのためか、目ざとくキャビネットの上に置かれた新商品にも気付いて手に取ったのだった。祖母が自分の家に置いていたものだと言うと、迷うことなく財布を取り出した。「スナック弓月」に見に行ったわけではないけれど、カウンターの後ろにでも飾ってあるのではないかと思う。

いくつかあった民芸調の人形をまとめて引き取ってくれたのは福助さんだ。普段はたい焼きしか買わない彼も、頻繁に「ちぐさ」に通っているだけあって、これまでになかった人形にはすぐに気付いた。

「アタシの家に眠っていたお宝だよ」

と、すでに誰からもらったかも、どこのお土産かも忘れていた祖母が言うと、福助さんが飛びついたから、私も葵くんも大笑いした。

福助さんのビールバーは、国内、国外の様々なビールを揃《そろ》えていて、カウンターの後ろにはデザインも様々な各国の小瓶ビールが並んでいる。そこにちょこんと怪しげな人形を並べても違和感はないし、お客さんとの話のタネになるかもしれない。

「どこの土産か分からないなら、僕がヒマな時に調べてみるよ」と福助さんは楽しそうだったが、祖母が後から呟いた「どこかの国の呪《のろ》い人形なんて物が交ざってないといいね」という言葉に私は肝を冷やした。

残っているのはティーセットのみ。でも、これは棚に置くべきかちょっと迷う。

祖母は好きにしたらいいと言っているし、もしも祖母が常連客に勧めればすぐに売れそうだということも分かっている。

でも、置きたくない。祖母が使ってきた物を、私は自分で持っていたいのだ。

母の遺品もそうだったのだと改めて思う。大切な人が大事にした物が手元にある。それだけでよかったのだ。

しかし、ティーセットを保管する場所がなかった。高価なものだからしかるべき場所で保管したいと思ったが、もともと陳列していたアンティークの食器類が置かれたキャビネットの引き出しには鍵がかかっていた。上のガラス扉には鍵がかかっていないのに、下の引き出しだけが開かないとは考えもしなかった。

てっきり「ちぐさ」の商品の中でも高価なものがしまってあると思った私は、祖母に鍵の場所を訊《たず》ねた。

しかし、答えは「失《な》くした」の一言。スペアはなく、キャビネット自体もかなり古い外国のものだから、業者にでも頼まない限り引き出しは開かないという。

祖母はあっけらかんとしていた。

「鍵を失くすくらいだからたいした物なんて入っていないよ。最後に引き出しを開けたのがいつなのかも覚えていないくらいだからね」

「そうかもしれないけど、気になるじゃないの」

このまま祖母が熱海に行ってしまえば迷宮入りだ。

結局、ティーセットの箱は番台の後ろに積まれ、キャビネットの鍵に関しては解決しないままだった。

二月に入ったある日のことだ。

祖母は相変わらず昼過ぎに「ちぐさ」にやって来て、お茶を飲み、常連さんたちと楽しげにおしゃべりをしている。今日の話題は、間近に迫ったバレンタインに関するもので、またしてもデパートのショーウィンドウのディスプレイや、チョコレートの特設売場について盛り上がっていた。

そして、ひとしきり会話を楽しむと、祖母はさらりと引退を宣言する。最近、そうするようになった。もちろんお客さんは驚く。たい焼きの尻尾《しっぽ》の塩昆布のように、祖母は最後の最後で相手を驚かせるのが好きなのだ。

そういう時は、私と葵くんが呼ばれて紹介される。いよいよ祖母が店を離れる日が近づいていている気がして、私たちの心にすうっと冷たい風が通り過ぎていくようだった。

その日は昼食を調達するために、いつもとは逆方向の日比谷のほうまで歩いた。大通りには出ず、みゆき通りを進めばすぐに帝国《ていこく》ホテルが見える。

この頃はパンが多い。パン屋は何軒もあるから飽きないし、何よりも祖母はパン好きだ。わざとらしく「銀座のパンの食べ収めだね」などと言うこともある。

葵くんもパンが好きだ。実家がもんじゃ焼き屋だからか、粉物は何でも好きだというわりに、自分で外に出る時はたいていおにぎりを買ってくる。

真冬の今は店にこもっているが、祖母は外に出るのが好きだった。よく祖母と一緒に色々な店に行ったことが懐かしい。

どこの店に行っても、祖母は店の人と気さくに話していた。そういう「銀座」で働く者同士の連帯感みたいなものに幼心に憧《あこが》れた。

銀座だからといって、どこも高級な店というわけではない。「ちぐさ」みたいな雑貨屋があるように、蕎麦《そば》屋もうどん屋も、お昼は定食を出してくれる割烹《かっぽう》もある。そういう店で、私は祖母の孫というだけで可愛《かわい》がってもらった。

今はどこも混んでいる。どの店も私が子どもの頃のままというわけではないけれど、お昼になると行列ができていたりする。

有名になったなと嬉しい気はするけれど、ちょっと寂しくも感じる。そして思う。きっと同じ理由で「ちぐさ」のたい焼きも人気が出たのだ。

一匹二百円のたい焼きは、美味しいだけでなく銀座なのに手ごろなお値段。やっぱり祖母はいいところに目をつけたと感心する。私も頑張らなきゃ。そう思うたびに背筋が伸びる。

「ちぐさ」に戻ると、店内には数組のお客さんがいた。

祖母はいつものようにお客さんの動きを目で追っていて、葵くんはベンチに座ったお客さんのたい焼きを焼いているようだった。

私は暖簾を少しめくって、葵くんに「ただいま」と声をかけた。帰ってきたことを知らせておけば、葵くんはたい焼きに集中できる。

それにしても、祖母も葵くんも、よく雑貨のレジとたい焼きとを両立してきたな、と感心してしまう。私ではとても無理だ。ひとつのことにしか集中できない。それに、少しでも混んでくると焦ってしまう。早くしなきゃと足が震えてしまう。

おそらく働いていた表参道《おもてさんどう》のショップのせいだ。いつの間にか人気店になり、お客さんがおしかけ、目当ての品物だけ買っていく。レジはいつも混んでいて、早くしろよと急《せ》かされる。ラッピングもしょっちゅう頼まれた。まとめ買いも当たり前。お客さんの視線も、そんな私を見ている店長の視線も怖かった。

スーパーやコンビニのレジも、混みあった電車も同じ。みんなイライラしている。他人とはいえ、不満そうな顔を見るだけでズシンと気が重くなった。

これも会社を辞めてから半年もアパートでくすぶっていた理由のひとつだ。不満だらけの世の中に、生身の体を差し出すことが怖かった。

でも、「ちぐさ」は違う。ここに来る人は誰もスピードを要求しない。

雑貨を眺める人はもちろんマイペースだし、たい焼きのお客さんも人気店は並ぶのが当たり前だと思って来てくれる。そのうちに、たい焼き職人は一人だと気付き、ますます仕方ないと思ってくれる。普段はあれほど時間を気にするくせに、こういう店では並ぶのも待つのも平気なのだ。だから、お客さんの「待つ覚悟」に報いようと、祖母も葵くんも頑張ってきた。

そんな「ちぐさ」は温かい場所だと思う。働く私たちにとっても、お客さんにとっても、好きなものをゆっくりと楽しめる空間でありたいと思う。

さっそく私は番台に座る。

たい焼きの注文を聞き、女性客が持ってきた北欧プリントのマグカップの会計をする。

暖簾の奥から漂う香ばしいにおいにまじって、買ってきたパンの袋からもいいにおいが漏れていて、小さくお腹《なか》が鳴った。

ようやくお客さんが途切れたのはそれから一時間後で、祖母は待ちくたびれたように「お昼にしようか」と言った。

暖簾の奥から葵くんも出てきた。真冬なのに肘《ひじ》の上までシャツをまくり、首にはタオルをかけている。番台の後ろの紙袋に気付き、「コーヒー淹《い》れるよ」と言った。

以前はよく外にコーヒーを飲みに行っていた祖母のために、葵くんはコーヒー豆を買って来たのだ。たぶん私が加わったことで、葵くんにも余裕ができたのだと思う。

バーに喫茶店。葵くんにとってはまだ遠い夢かもしれないけれど、手が空いた時は暖簾の奥で参考になりそうな本をずっと読んでいる。そんな葵くんが買ってきたのは、祖母のお気に入りの喫茶店、パウリスタのコーヒー豆だった。

「コーヒーと言えば、今日はカップがよく売れたね」

祖母がソファから下りて棚を眺めた。

連れだって入ってきた女性客は悩みに悩んでマグカップを一個ずつ買い、会社員風の若い男性客も大きめのコーヒーカップとたい焼きを買ってくれた。その前の女性客も北欧プリントのカップ。おかげでキッチン雑貨の棚はずいぶん寂しくなっている。

私は棚の下のストック場所からカップを補充しながら言った。

「最近は、家でもカフェみたいにコーヒーを淹れる人が増えたからね。それがオシャレなライフスタイルみたいになっている部分もあるし。このコーナー、もう少し充実させようかな。ちょっとした小皿や、何ならお菓子なんかも仕入れて、『おうちでカフェ気分』なんてテーマでコーナーを作ったら意外といいかも」

「好きにするといいよ。売れる物を仕入れるのが商売ってもんだ」

「いっそ、紅茶も？　かわいいティーバッグを揃えるのもいいね。たい焼きが売れるのを見ていて思うんだけど、やっぱりお客さんが関心を持つのは食べ物だと思うの。『ちぐさ』は雑貨店で、雑貨といえば衣食住と切り離せない。嗜好品《しこうひん》というよりも、食の部分に寄せていくのはどうだろう」

「時代とともに売り物が変わっていくのは当たり前だからね。なんにせよ、物を選ぶ楽しみや新しい物を使う喜びは大きい。その気持ちを大事にしていけば、自然とやりたい店も見えてくるさ」

祖母の言葉は、まぎれもなく私が雑貨屋で働きたいと思った理由と同じだった。

「ところで綺羅。アンタはカップを買うなら一個？　二個？」

「え？　一個だけど。だって、必要ないもの。昔は見栄《みえ》を張って、何でもペアで買っていた時もあったけど」

「見栄ねぇ」

祖母がニヤリと笑い、次に「やっぱり時代は変わったね」とキャビネットに収まったティーカップを眺めた。

「よいものを選んで長く使うっていうよりも、今は循環させていく世の中だからね。むしろ新しいものを買うことに喜びを感じる人も多い。そもそもティーカップをいくつもセットで買う客なんて今はめったにいないんだろうねぇ」

「一定数はいると思うけど、一般的ではないかもね。今はコーヒーも紅茶も同じカップで飲んでいる人のほうが多いだろうし」

「葵」

祖母は暖簾の向こうに声を掛けた。出てきた葵くんに、「番台の後ろの箱、ティーセットが入っているんだ。コーヒーはそれを使おう」と箱を示す。

「え」

祖母にどこまでも従順な葵くんは、箱ごと抱えて台所に戻っていく。キョトンとしているのは私だけだ。

「これからはたい焼きセットにコーヒーも追加だ。使うのはアタシのカップとソーサー。四客あるから十分だろう。中身はコーヒーでも構うもんか。上質なカップを使えば、きっとたい焼きまで美味しく感じるさ」

「また勝手なことを……」

しかし、葵くんが祖母のカップを使って淹れてくれたコーヒーは美味しく、ソーサーを持つと背筋が伸びる気がした。テーブルもなくベンチに座っているせいかもしれないが。

私と葵くんは手早く食事を済ませたが、祖母だけはソファでゆっくりとコーヒーを味わっていた。もしも食事中にお客さんが入ってくれば、私たちは食事を中断し、葵くんは素早く暖簾の向こうに移動する。ちょっとスリリングな「ちぐさ」の食事風景である。

幸い今日は、ちょうど私がコーヒーを飲み終えたタイミングでお客さんが入ってきた。たい焼きを注文するのではなく、ゆっくりと店内を歩きながら棚の品物を眺めている。コーヒーをすすりながら、祖母はいつものようにお客さんの動きを目で追っていた。

お客さんは中年の女性。私よりもいくらか上に見えるが、女性の年齢は分かりにくい。しばらく店内を回った彼女は、民芸品の置かれた棚の前で足を止めた。

しばらく棚の品を眺めた後、ちらっとこちらに視線を送る。祖母も私もすぐに気付いた。祖母が目配せした時には、私はすでに番台を下りていた。

「何かお探しですか」

「櫛《くし》を」

彼女の前には、形やサイズの違うつげの櫛が並んでいた。

「つげ櫛ですか。つげ櫛はちょっと高価ですけど、髪通りも滑らかですし、使うほどに髪にも櫛にも艶《つや》が出て、長く大事に使いたい品ですよね」

私は微笑《ほほえ》む。

昔から「ちぐさ」にはつげ櫛を置いている。そこはもと小間物屋《こまものや》。浅草《あさくさ》の老舗《しにせ》櫛屋のものをずっと置いてきたらしい。

私も子どもの頃に祖母に贈られ、その時に教えられた。つげの木は成長速度が遅く、木目が細かく堅いため、昔から細工物に使われてきた。古来、櫛といえばつげ櫛のことで、万葉集《まんようしゅう》にも歌われているという。

祖母からもらった櫛はいつの間にか失くしてしまった。きっと祖母もそんなことはすっかり忘れているだろう。

「そちらは鹿児島のつげを使った薩摩《さつま》つげの櫛です」

「鹿児島」

「はい。贈り物ですか」

長く使えるつげの櫛は、女の子への贈り物にしたり、昔は母から娘へと受け継がれたりする品であったそうだ。真剣に選んでいた様子から、彼女もそうではないかと思った。

「ええ。ずっと探しているのですけど、欲しい形の物がなくて。手がついている形の櫛はありませんか。とかし櫛には違いないのですけど、持ち手というのかしら、握りやすい形の櫛を探しているんです」

棚にあるのはどれも手のない櫛だった。つまりは端から端まで片側に歯が並んでいるタイプだ。サイズや歯の間隔が違うものが何種類もあるが、形としてはどれも片歯のとかし櫛である。

「少々お待ちください」

私はしゃがみ込んで、棚の下のボックスを開いた。それぞれの陳列棚の下は引き出し式の収納ボックスになっていて、売れた品をすぐに補充できるようになっている。

もともと祖母は大量に仕入れたりしないのでデッドストックはないはずだけど、売れたままうっかり補充を忘れている商品もたまにある。

ただし、在庫は少ない代わりに種類が多い。古くからの付き合いだという櫛屋の櫛は、微妙なサイズや形の違いで何種類もあった。その上、どれも和紙の箱に入っているから一目で中身が分からない。てこずっている私を気遣って、いつしかお客さんまで横にしゃがみこんで手元を覗《のぞ》いている。

「ああ、これは棚にあるのと同じですね」

「ええ、歯が粗いだけで形は同じですね。あら、こっちはずいぶん歯が細かい。きっと髪の細い方はこんなのがいいんでしょうね」

「まぁ、羨ましい」

多少の年齢差はあれど、ほぼ同世代。なんとなく話が盛り上がる。

しかし、そんな私を見かねて、祖母がステッキを突きながら後ろに来てしまった。

「品物ひとつ見つけられないのかい。すみませんね、お待たせしちゃって」

「いえ、そんな」

女性が恐縮して立ち上がり、私は無言で捜索を続けた。女性客の相手は祖母が引き受けることにしたようだ。

「手つきとおっしゃいましたね」

「ええ。たぶん握りやすい形の物を探してくれたんだと思います」

「おや、すでにお持ちの櫛を、もうひとつ探している？」

「……ずいぶん前に割れてしまって。それで、同じ形の櫛がないかと探しているんです」

つげの櫛は丈夫で長持ちが売り文句だ。それが割れてしまったなんてちょっと意外な気がした。

「下のほうから見てごらん」

祖母に言われた通り、いくつも重なった箱の下から数箱を取り出す。箱を開けてみると、確かに櫛の片側が手になっていた。

「あっ、こういう形です。でも、ここまで細くなくて……」

次の箱を開けた瞬間、女性は「それです！」と声を上げた。

丸みを帯びたおやかな形である。手の部分も細すぎず、しっかりと手のひらになじみそうな形をしている。

箱を手渡すと、彼女は「よかった、見つかった……」と胸に引き寄せた。「完全に同じものではありませんが、私が持っていたのもちょうどこんな形でした」

「探し物が見つかって、こちらも嬉しいです」

「ええ。ここに来るまでにデパートも何軒か寄ったのですけど、あまり種類がなくて」

「櫛屋に行かないとさすがに種類が揃っていないかもしれないね」

「最初からちゃんと櫛屋さんに行けばよかったのね。でも、櫛屋なんてあまりピンとこなくて」

レジに来た彼女は、ソファのトレイに置かれた祖母の飲みかけのコーヒーに気付いた。

「あら、こちらはコーヒーもいただけるんですか」

どうやら櫛を探し回り、すっかり歩き疲れてしまったようだ。

「そう言えば、こちらはたい焼きで有名なお店ですものね。せっかくだから、ひとついただこうかしら。大喜びしたら、何だかお腹も空《す》いちゃったわ」

祖母の目が光る。「でしたら、コーヒーセットはいかがですか。たい焼きとコーヒーで七百円。疲れた時には甘いものが一番ですよ」

「まぁ、嬉しい。いただきます」

祖母はついさっき決まったばかりのメニューをさっそくお勧めした。しかも緑茶のセットよりも百円高い設定になっている。

彼女をベンチに案内し、私は暖簾をめくって中を覗いた。

「葵くん、さっそく来たよ。コーヒーセットをひとつお願いします」

「聞こえていた。さすがだね」

葵くんはすでに鉄瓶を火にかけていた。もしもこれが評判になったら、ハンドドリップで対応できるのだろうかとぼんやり考えた。

たい焼きとコーヒーを待つ間、私はお客さんに訊ねた。

「贈り物とおっしゃっていましたね。以前、ご自分で使っていたのと同じものを、今度はどなたかにプレゼントですか。よほど使い勝手がよかったんですね」

「どうなんでしょう。使い勝手というよりも、思い入れというのですかね。今度、娘が結婚するんです。それで何かプレゼントをと考えたんです」

「まぁ、それはおめでとうございます」

「ありがとうございます。結婚となると結局は私や夫から色々持たせてやることになるんですけど、何かこう、母から娘へ特別なものを贈りたいという気持ちがありまして。色々と悩んだ末に思いついたのがつげの櫛なんです」

「思い入れとおっしゃいましたね。差し支えなければぜひ」

祖母だった。

「アタシたちもね、お客様のように熱心に何かを求めている方を見ると、その方と品物にどんな物語があるのかつい知りたくなってしまうんですよ。特にお客様の櫛みたいに、職人がひとつひとつ丁寧に仕上げている品だとよけいにね」

暖簾の奥からコーヒーの香りが漂ってきた。それから、カタンという音。まもなく「ちぐさ」初のコーヒーとたい焼きセットの完成だ。

「そうですね。せっかく見つけていただいたんですもの。人様に話すほどのことでもないのかもしれないですけど」

「それは嬉しいですね。案外、誰かに聞いてもらうとスッキリすることもありますから。実はアタシもずっと昔に孫につげ櫛を贈ったことがあるんですけど、もうとっくに失くしてしまったんでしょうね」

横目でにらまれ、返す言葉がない。けれど女性客は「おばあさんとお孫さんでお店をやっているなんて仲が良くて素敵ですね」と微笑んでいる。

「お待たせしました」

葵くんがお盆を持って出てきた。

いつものように竹ざるに載ったたい焼きとロイヤルアルバートのカップとソーサー。カップのコーヒーは落としたての芳醇《ほうじゅん》な香りを漂わせている。

「素敵。何だかこのお店にぴったりですね」

まさかついさっき思い付きで始めたコーヒーセットとは言えず、私たちは彼女がコーヒーを飲み、たい焼きを齧《かじ》るのをそれとなく見守っていた。

「あら、ずいぶん皮が薄いたい焼き。ずっしりしているのは全部餡なのね。へぇ、さすが銀座のたい焼きだわ。今まで食べていたたい焼きは生地がやけに分厚かったのに」

「焼き方が違うんです。ここでは一匹ずつの金型で焼いていますから。きっとお客様が食べていたのは、一度に何匹も焼ける型で焼いたものです」

「ああ、そうだわ。ワッフルを作るみたいに焼いていたわ」

葵くんの説明に、彼女は納得したようにお腹のあたりまでたい焼きを食べる。本当に空腹だったらしい。

「……私、梨木《なしき》と言います。櫛の話でしたね。私に買ってくれたのは父でした」

人心地ついたのか、彼女は姿勢を正した。

「お父様ですか。女の子が生まれた時につげ櫛を贈ったり、庭につげの木を植えて嫁入り道具を作ったりした地方もあるなんて話も聞きますね。なにせつげは丈夫な木ですから」

「そうですか。私がもらったのは小学生の頃です。勤務先の旅行のお土産でした。毎年、従業員の慰安でどこか地方の温泉地に行くのが父の会社の恒例だったんです。それまでお土産と言えば温泉饅頭《まんじゅう》だったんですけど、私が髪を伸ばし始めたからかしら。その年は櫛を買ってきてくれました。それがちょうどさっきの形の薩摩つげの櫛だったんです。子どもだから、きっと握りやすい形を選んでくれたんでしょうね」

「鹿児島のつげは、高級素材として工芸品用に流通しているからね。ウチで扱っているのもそうだよ」

「私、てっきり鹿児島の温泉にでも行ったのだと思っていました。本当はあの時、父はどこの温泉に浸《つ》かってきたんでしょうね」

梨木さんは笑った。

「お土産をくれる時の父はいつも上機嫌なんです。その時も、毎日使うと髪に艶が出て綺《き》麗《れい》になるぞって私の頭を撫《な》でながら言いました」

その時のことを思い出したのか、梨木さんが目を細める。

「でも、私、実は櫛がちっとも嬉しくなかったんです。何というか、子どもにとって心を惹《ひ》かれるお土産ではなかったんですよね。普段使っているのはブラシでしたし。たとえば、もっとかわいい小物とか、美味しいお菓子とかのほうがよっぽど嬉しかった。お父さんは私のことを全然分かっていないな、なんてガッカリもしました。可愛くない娘ですよね」

「そういう年頃だったんだよ」

「そうかもしれません。ちょっと素っ気なくしていたから、私のご機嫌を取ろうと、いつもとは違うお土産を買ってきたのかもなんて、ますます可愛げのないことを考えたりして。だって、父ったら自分の分も買って来たんですよ。もっとシンプルな形でしたけど、同じつげの櫛。娘とお揃いです。今なら『キモッ』って思われちゃいそうですよね」

「お母様には？」

「ありませんでした。温泉饅頭はありましたけど。父は毎朝、洗面所の鏡にむかってその櫛で髪を整えていましたね。私、今でこそつげ櫛のお手入れ方法を知っていますけど、あの頃は使うほど艶が出るっていう意味も分からなかったんです」

「あぁ、櫛に椿油《つばきあぶら》を染み込ませているからね。だから梳《と》かすほどに髪に艶が出るって言われる。手入れには椿油を馴染《なじ》ませて汚れを落とすから、櫛も味わい深くなる」

「そうなんです。なのに、何も知らなかった私は、頭の脂が櫛に移るのかと思って、何だか汚い気がしちゃって……」

梨木さんは頰《ほお》を赤らめてコーヒーをすすった。

「子どもにつげ櫛はちょっと早かったのかもしれないですね」

私は場を和ませようと笑ってみたが、梨木さんはうつむいてしまった。

「そう、本当に早かったんです。つげの櫛が高価な物だとも知らなかった。それなのに喜びもしないで、他のものがよかったなんて。きっと父はがっかりしたでしょうね。結局、私の櫛はたいして使わないまま、ずっと引き出しにしまったきりでした。そのうちに、父が毎朝、自分の櫛で頭をセットしているのを見ても、すっかり自分の櫛のことなんて忘れていました」

私もぼんやりと祖母からもらった櫛のことを考えていた。もらったことは覚えているのに、その後、どこにやったかまるで記憶がない。少なくとも実家を出てから見た記憶はない。ということは、今も実家のどこかにあるのだろうか。

「……その櫛が、どうして割れてしまったんだい」

祖母はやんわりと訊ねた。

「割れたんじゃなくて、私が割ったんです。投げつけて」

梨木さんは呟いた。

「……私が中学校に上がった年、母親が病気になりました。胃がんでした。入院して手術、その後は抗がん剤治療。副作用が厳しくて、母はずいぶん弱っていました。髪の毛もだいぶ抜けて、その姿を見るのが怖かった……」

「大変だったね……」

「入院中はひどいものでした。母のいない家って荒れるんです。私も父もイライラしていました。……何にイライラしていたのかな。今思うとよく分からないんですけど、きっと、ままならない日常にイライラしていたんでしょうね。だって、まだ母も若かったですから。どうしてこんなことにって思いますよね。私だって、学校の友達とくだらない話で毎日バカ笑いしていたかったのに」

私も母を亡くした時のことを思い出していた。同じ部屋に父もいるのに、家中がひっそりと冷たくて、母がいた時とはすべてが違って見えた。

「父とはケンカばかりでした。ケンカというより私が一方的に怒っていた。父は色々と気にかけてくれていたのに鬱陶《うっとう》しかったんです。母親の代わりをしようと必死になっている姿が見ていられなくて。ほっといてよ、話しかけないでよって、本当にひどい娘です。中には、そういう時こそ力を合わせる家族もいるのでしょうけどね」

梨木さんは冷めたコーヒーを飲み干した。

「とにかくあの時のことを思い出しても、不安ばかりだった気がします。それでも、協力はしましたよ。母の洗濯物を病院から持って帰って洗うのは私の仕事でした。でも、限界が来ちゃったんでしょうね。ある夜、私は洗い上がった洗濯物を畳んでいました。父は会社の後、面会時間が終わるまで病院にいましたから、毎晩帰りが遅かった。私は一人でくだらないテレビ番組を見ながら、家族三人分の洗濯物を畳んで、自分の分を部屋のタンスに入れに行きました。ちょうどハンカチみたいな細々とした物を入れていた引き出しに、あのつげの櫛が入っていたんです。何なんでしょうね、あの時の衝動。私、その櫛を見たとたん、床に投げつけていました。フローリングの床です。つげの木って丈夫だと言いますけど、さすがに真っ二つになりました。ちょうど真ん中で割れたんです」

「おやおや……」

「私、しばらく茫然とそれを見下ろしていました。そのうちに涙がボロボロ零《こぼ》れて来たんです。そのまま大声を上げて泣き出しました。本当に何なのでしょう。自分でやったことですし、当然の結果なんです。それなのに、急にその櫛をくれた時の父の顔とか、病気で変わり果てた母の姿とか、一気にいろんなものが体の奥から溢れてきて、悲しくて仕方がなかったんです。私はしゃがみ込んでいつまでも泣いていました」

　残りのたい焼きを持つ梨木さんの手が震えていた。

「帰って来た父が『どうした』って血相を変えて部屋に飛び込んできました。しまったと思いました。この櫛を見たら父が悲しむって。でも、父は何も言わずに私を抱きしめてくれました。私も父に縋《すが》りついて泣きました。父も泣いていました。たぶん私が父の泣く姿を見たのはそれが初めてです。父も私と同じように大声で泣いていたんです」

「お父さんも抑えきれなくなったんだね。そうとう不安を隠して無理をしていたんだ」

「そうでしょうね」

「その櫛はどうしたんですか」

「父が拾いました。それからどうなったか分かりません。その後、私たちは無言で夕食を食べました。ほとんど義務みたいに。父は櫛に関しては何も言いませんでした。私がわざと投げつけたって、絶対に分かったはずなのに」

「どれだけ梨木さんがつらい思いをしているか感じたんでしょう。でも、そうやってお互いに感情をさらけ出せてよかったかもしれませんね」

「ええ。私も大人になって分かりました。あの時の父は今の私よりも若かった。子どもにとって親は絶対的な存在じゃないですか。強くて、何でもできて。でも、全然そんなことはない。ただの人間です。いつまで経っても迷いはなくならないし、小さい時みたいに教えてくれる人がいないからよけいに不安で。私も家族ができてから、ますます心配事が増えました。案じる相手がいるってそういうことですもんね。今は父の気持ちがよく分かります」

梨木さんは小さな笑みをこぼす。

「……コーヒーのおかわりはどうだい？」

「いただきます」

葵くんがコーヒーを用意している間、梨木さんは残りのたい焼きを口に入れた。

葵くんが気を利かせて私たちの分までコーヒーを用意してくれ、私たちは熱いコーヒーが入ったカップに口をつけた。

コーヒーを一口飲んでから最後の尻尾を食べた梨木さんは、「えっ」と声を上げた。

「何かしら、これ。あっ、もしかして塩昆布？」

「ご名答。中身を言い当てる人はなかなかいないよ」

「えっ、本当にそうなんですか」

塩昆布を載せるのは、尻尾は尻尾でも端のほうだ。たいていのお客さんは、味の変化に気づいた時にはもうたい焼きを口に入れてしまっている。確かめたくても確かめられないのだ。それもまた祖母のいたずら心だろう。

「梨木さん。あなたはきっと色々と慮《おもんぱか》ることができる優しい人だ。だから昔のことも忘れられず、いつまでも心に引っかかっているのかもしれないね」

「……そうなのかしら。よく分かりませんけど、あの櫛のことはずっと心にひっかかっていたんです。割れた櫛がどうなったのかも。……それにしても、本当に塩昆布が入っていたなんて。当てられて嬉しいわ」

心から嬉しそうに微笑んだ梨木さんは、横に置いた櫛を引き寄せた。

「しばらくして、母は退院できました。再発もなく、今も実家で父と暮らしています」

「よかったですね」

「……その後、私と父が仲良くなったかと言うと、けっしてそういうわけでもなく、たいして口もきかないまま、私は実家を出ました。あの時、お互いに号泣して、ちょっと照れくさかったっていうのもありますね。私は勤め先で出会った夫と結婚することになり、久しぶりに実家に一泊しました。その時に見つけたんですよ」

「もしかして、その時の櫛を?」

「そう。母の鏡台を借りたんです。そしたらそこに。割れた部分はきちんとくっつけてありました。木目に沿って見事に真っ二つでしたから、うまくつなげることができたんでしょうね。あれからは母が使っていたそうです。退院してから髪も少しずつ伸びましたから。

もうすっかり白髪《しらが》のおばあちゃんですけど、今も使っていますよ。ずっと使いつづけた櫛は、持ち手の部分も、歯の部分も、綺麗な艶が出ていました。それを見たら、自然と涙がこみ上げてきて困りました」

「もしかして、お父様もまだ？」

「そう。お揃いで使っているんです。父なんてもうだいぶ頭が寂しくなっていますけど、昔から身だしなみには気を遣う人でしたから」

「物を大事にするって素敵ですね。長い時間を経た物には、それだけ思い出が刻まれているんですから」

思わず呟くと、祖母も言った。

「昔ながらの物は、石や木、自然素材のものがほとんどだからね。その中で丈夫な物をご先祖様たちはよく知っていた。つくづく人間の知恵は素晴らしいと思うよ。劣化するプラスチックじゃこうはいかない。それに自然素材は使えば使うほど味が出てくるし、愛着もわく」

「そうですよね。だから私も娘に櫛を贈ろうと思ったんです。娘はもう大人ですし、お洒落《しゃれ》な子ですから、髪のお手入れもいつも真剣。きっと気に入ってくれると思うんです。そうだわ、もしも椿油もあれば一緒にいただこうかしら」

私は棚に椿油を取りに行き、祖母がアドバイスをする。

「椿油をなじませた後は、ブラシで汚れを落とすんだ。専用のブラシもあるけど、歯ブラシでも十分だよ」

「ありがとうございます」

櫛の箱と椿油の瓶を一緒に包みながら、ある考えがひらめいた。

「梨木さん。その櫛をお嬢さんにプレゼントする時、今の話をそっくりそのままお伝えしたらどうでしょう」

「えっ、私の失敗談みたいなものですよ。恥ずかしいわ」

「でも、お父様が櫛をお土産にしたのだって、梨木さんが可愛いからですよね。それからお母様の病気を乗り越えて、一度は割れた櫛は今も使いつづけられている。そんな素敵な家族と櫛の物語を、これから嫁がれるお嬢さんにお話しするのはいかがですか。梨木さんがお父様に愛されたように、梨木さんのお嬢さんも愛されて育ったはずですもの。その思いがこの贈り物に込められていると分かれば、嬉しいに決まっています」

梨木さんはじっと考えている。

「そうかもしれないわね。そしてきっと大切に使ってくれるわよね。……ああ、でもどうしましょう。明日、それを渡そうと思っていたの。娘はね、今はもうお相手の方と一緒に暮らしていて、明日、私の実家に集まることになっているのよ。挨拶《あいさつ》とお祝いを兼ねて。そんな話、両親の前でできるかしら……」

「本当はずっとお父様に謝りたかったんじゃないですか。心に引っかかっていたのは、そのせいだと思います。大人になって、今度はご自分の娘さんにつげの櫛を贈ろうと考えた梨木さんなら、きっとうまくお気持ちを伝えることができると思います」

梨木さんは迷っているようだった。祖母と私、そして暖簾の前に立った葵くんに見つめられて、彼女の心は揺れ動いている。

「梨木さん。言葉にしないと伝わらないことって意外とあると思うんですよ。家族だから言葉にしなくても分かるっていうのもあるし、家族でも汲《く》み取れない部分もある。すっきりしたいなら、自分のためにそういう話をするのもいいんじゃないですか」

祖母の言葉に、梨木さんは頷いた。

「そうですね……。ああ、本当にそうだわ。言葉がないから、昔から私と父はずっと分かり合えていなかった気がします。お互いの性格的に仕方がないですけど、私、本当は、友達のお父さんみたいな、何でも話し合えるような父親に憧れていたんです」

しばらく俯《うつむ》いていた梨木さんは、勢いよく顔を上げた。

「そうだわ、たい焼きを六匹焼いていただけるかしら」

「たい焼き？」

「ええ。明日の手土産にたい焼きも持っていくことにします。そうしたら『ちぐさ』の店主さんに言いくるめられたなんて言えますもの」

「なんだい、照れ隠しかい」

「だって、たい焼きがとても美味しかったんですもの。尻尾なんてびっくりだわ」

「話のタネにはちょうどいいかもしれませんね。お待ちください」

葵くんがさっそく焼きにいく。

その間に、私はたい焼きの温め直し方を梨木さんに説明した。

「本当に今日はここに来てよかったわ。ありがとうございました」

梨木さんは大切な贈り物と、たい焼きの入った箱を持って帰って行った。

何やら壮大な物語を読み終えたように、私の胸もいっぱいになっていた。

ありとあらゆる品物を並べた雑貨屋はやっぱりいい。民芸品などめったに売れないと思っていたが、古い物にはそれだけの歴史が刻まれている。使う人にとっても物語がある。

「コーヒーセットもなかなかいいね」

「うん。おばあちゃんが餡子の小豆にこだわったみたいに、俺はコーヒー豆にこだわってみようかな」

「そりゃいい」

また祖母と葵くんが仲良しトークをしている。

梨木さんを見送った私が番台に戻ると、祖母はソファの上で姿勢を正した。

「綺羅、葵」

私も、カップを片付けようとしていた葵くんも、祖母に向き直る。

「アタシは今週末で引退します。あとは二人で協力してやっていきなさい」

「え」「え」

唐突な言葉に、私と葵くんの声が見事に重なった。

「熱海からも催促されているんだよ。これ以上延ばすと入居を取り消すとまで言われたらどうしようもない。隆志もやっと都合がつくというから、今週末でおしまいだ」

「そんなところまで話が進んでいたの？」

「アンタだってなかなか部屋の片付けに来てくれなかったじゃないか」

それはわざと遅くしたからだ。

片付けが終わったら、さっさと祖母がいなくなってしまいそうな気がした。

不安な状態が続くと気持ちは少しずつ麻痺《まひ》してくる。このままズルズルと祖母が「ちぐさ」にいてくれるような気になっていた。

それに父も父だ。祖母に口止めされているのだろうけど、やっぱりひどい。

ただ、喫茶店を一人で切り盛りする父も実際に忙しかったのだと思う。蓼科は冬もスキー客で賑わう。父が焼くパンは地元ではちょっと有名で、近隣のホテルやペンションからも朝食用にと注文が入るのだ。

「おばあちゃんは本当にいつも突然なんだから」

「突然じゃないよ。アンタが来た頃からずっと言っていたじゃないか。後のことはアンタと葵で決めなさい。葵だって、いつまでもここに縛られることはない。ただ、たい焼きだけは途絶えさせないでほしいけど、それも全部アンタたちがこれから決めていくことだ」

ここ数年、銀座の街はずいぶん様変わりした。銀座に限らず、老舗の名店が客足の減少や後継者不在のために、いくつも閉店していったのを知っている。

世の中は変わっていく。それだけは誰もどうしようもない。

人間も一緒だ。いつまでも同じように過ごすことはできない。

だから、今の私に言えるのはこれだけだった。

「お疲れ様でした。私は、私の方法で『ちぐさ』を続けます」

祖母がまっすぐに私を見た。

「アンタがいてくれてよかったよ」

祖母が笑い、私はランプの明かりに煌めく祖母の瞳《ひとみ》を見つめた。

澄んだ茶色の瞳はやっぱり綺麗だった。

「おばあちゃん、昔、石をくれたの覚えている？」

「石？」

「そう。まだ私が小さい頃、駅のホームでくれた綺麗な猫目石《ねこめいし》。私、今も大切に持っているよ」

「ああ、あんなの、傷だらけの子どもだましじゃないか」

「でも、すごく嬉しかったの。私がいつもこっそり見ていたことをおばあちゃんが知っていたのも嬉しかった」

「店の物を壊されたらかなわないからね」

「どうしてあの石をあんなに見ていたか分かる？」

「さぁね」

「おばあちゃんの目と同じだからだよ。綺麗だからずっと見ていたかった……」

どちらも透明感のある美しい茶色。祖母は目を見開き、すぐに顔を逸らした。その時、石よりも澄んだ雫《しずく》がこぼれたような気がした。祖母はうつむいたまま言った。「なんだい、せっかく買ってやったつげの櫛はすぐに失くしたくせに」

「それとこれとは別！」

今度は私が視線を逸らす。

「おばあちゃん、じゃあ、最後の日は、俺のたい焼きを食べてね。俺、心を込めて焼くから」

「分かった、分かった。食べてやるよ」

「そうだ。たい焼き、熱海にも持って行ってよ。施設のスタッフさんに、これからお世話になりますって。そういうので印象も違うと思うんだ。ほら、おばあちゃんはちょっと第一印象が悪いから」

「どういう意味だい」

こんな風に祖母と葵くんのじゃれ合う姿を見ることができなくなると思うと寂しい。でも、やっぱりこれは仕方のないことだ。

最後の夜は、福助さんと月子ママに来てもらおう。あまりにも急なことだけど、この二人なら来てくれるに違いない。

その夜、祖母が帰った後、私はつげ櫛を買った。梨木さんと同じ、使いやすそうな手つきの櫛にした。もちろん自分のために。今度は、大事に使いつづけようと思った。

第四話　季節外れのスノードームと錆びたピッケル

二月半ばの日曜日。風はなく、穏やかな日だった。

バレンタインデーも終わり、街のディスプレイはほとんど変わらないまま、一月後のホワイトデーを迎えるつもりらしい。もちろんまったく同じということはないだろうけれど、どちらも愛情をテーマにしたイベントだけに、よほど熱心に季節ごとのショーウィンドウを覗《のぞ》いていない限り、さほどの変化を感じられないだろう。

いつものようにお客さんの途切れたタイミングで街に出たものの、たいして意味があるとも思えないことをつらつらと考えてしまうのは、現実から意識を逸《そ》らしたいからかもしれない。

そう。今日で祖母は「ちぐさ百貨店」を去る。最後の銀座《ぎんざ》ランチは登亭《のぼりてい》がいいというので鰻《うなぎ》弁当を買い、そのまま三越《みつこし》へ向かっている。私と葵《あおい》くんのパンを買うために。

もちろん祖母は、私と葵くんの分も鰻を買って来いと言ったけれど、私たちは辞退した。なぜなら、いつお客さんが来るかも分からない「ちぐさ」で、せっかくの鰻を掻《か》き込むのはあまりにも無粋でもったいない。だからいつも通り手軽に食べられるパンでいいと、私も葵くんも主張した。祖母は「欲がないねぇ」と呆《あき》れていたけど、私と葵くんにとって祖母の引退が喜ばしいはずがなく、とても上等な昼食など取る気分になれないのだった。

鰻弁当を頬張《ほおば》る祖母の横で、私と葵くんは何度かお客さんに中断されながらパンの食事を済ませ、いつもと変わらぬ仕事に励む。そして、午後八時。今夜の「ちぐさ百貨店」はいつもより二時間早く閉店の時間を迎えたのだった。

店内はアンティークランプの橙《だいだい》色の明かりに沈み、香ばしいたい焼きのにおいに満たされていた。

近所のビールバー「福《ふく》の麦《むぎ》」の福助《ふくすけ》さんと「スナック弓月《ゆづき》」の月子《つきこ》ママが、それぞれ店を抜け出して来てくれた。三十分くらいの短い時間しかいられないが、さっぱりとした祖母との別れを惜しむには十分な時間だった。

祖母はあまり大ごとにはしたくないからと、この数日間に「ちぐさ」を訪れた常連客にしか引退を知らせなかった。

月子ママが贈ると言ったお花も「明日には熱海《あたみ》に向かうから」と辞退し、「クラブの名物ママが引退する時はお祭りみたいな騒ぎなのに」とママは残念がっていた。祖母はここでも「アタシはクラブのママじゃないよ」と可愛《かわい》げのないことを言う。

葵くんはホスト役に徹し、たい焼きとコーヒーをかいがいしくふるまった。

夜のおやつみたいなもてなしに、福助さんは「健全だねぇ」と笑い、祖母は「ババアだからね」と答える。

祖母はいつものカウチソファに座り、残りの全員は暖簾《のれん》の前のベンチに座っていた。

私たちは無言でたい焼きを頰張った。焼きたてのたい焼きに、熱いコーヒー。甘い餡《あん》とコーヒーのほろ苦さの相性はなかなかで、福助さんも月子ママも驚いていた。

「いつからコーヒーを始めたの？」

「つい先日です。もともとは自分たち用のコーヒーだったんですけど、祖母がそのカップでお客さんに出すって言い出して」

「なるほどね。たい焼きとコーヒー、イギリスのティーカップと雑多な『ちぐさ』の店内。不思議な組み合わせだけど、意外といいわね」

「お客さんにも好評です」

カップは四客しかなかったので、葵くんはもともと使っていた自分のマグカップを使っている。

「何か置き土産《みやげ》を残したくてね。最後にアタシが何かやっておかないと、この子たちだけじゃ新しいことを始められそうもないだろ」

「よけいなお世話」

「そんなことはないよ。アンタも葵も、若いのにどうも勢いがない」

「私はもう若くもないけどね」

「葵くんはいくつなの？」

月子ママが口を挟む。

「三十一です」

「あらそう」

「葵はまだ何でもできる歳《とし》だね。アタシがたい焼きをやろうと決めたのも、その頃《ころ》だったはずだよ」

大鳥《おおとり》さんの息子、孝治《たかはる》くんが「ちぐさ百貨店」に来た頃のことだ。私の母がまだ小学校一年生だった時である。私にとってはあまりにも遠い。もちろん葵くんにとっても。でも、その頃には祖母も、福助さんも、月子ママももう自分の人生を歩んでいた。

「転機なんてものはね、来る時は突然来るんだよ。その時は迷わず、思ったほうに進めばいい。アタシだっていろんな転機があったんだからね」

「美寿々《みすず》さんにはどんな転機があったんだい」

福助さんが訊《き》く。

「私にも教えてほしいわ。美寿々さんはずっと銀座にいたんじゃないの？」

月子ママも身を乗り出した。

言われてみれば、「ちぐさ百貨店」の前身である「ちぐさ雑貨店」はもともと祖母の実家。母が生まれたということは、祖母も母のようにお婿さんをもらったのだろうか。そのあたりの話はまったく聞いたことがないし、祖父にも会ったことがない。私が物心ついた頃には、祖母は一人でここを切り盛りしていた。

答えを待つように、私は祖母に視線を送る。しかし、祖母は無言でたい焼きを咀嚼《そしゃく》していた。私たちは言葉を待つように、祖母にならって、しばしたい焼きに集中した。

全員がほとんど同時にたい焼きの尻尾《しっぽ》を口に入れる。餡と一緒になったとろけるような塩昆布の風味を、目を閉じて味わう。

全員、尻尾の秘密を共有しているから、驚いたような反応は見せない。甘さと旨《うま》みの余韻を楽しみ、最後はコーヒーで締めくくる。

葵くんがそれぞれのカップにおかわりのコーヒーを注《つ》ぐと、ようやく祖母は口を開いた。

「……これも置き土産にするか。熱海に行ったらアタシもただのばあさんだからね」

「聞かせてよ。私、おばあちゃんのこと、何も知らないもの」

祖母はカップのソーサーを膝《ひざ》の上に置き、小さく息を吐《つ》いた。

「昔のアタシの話なんて聞いても何にもならないよ。こうして話すのも自己満足かもしれないね。年寄りがこぞって自分史を残そうとするのと一緒さ。興味を持つのは本人と身内くらいだ。それでも、残せただけで本人は満足して、自分が確かに生きたことを実感する。結局、人間なんてものは誰《だれ》かに認めてもらえないと不安なのさ。『ちぐさ』はまさにそれだよ。アタシは、頑張って、頑張って、アタシがここにいることを示し続けた。雑貨だけでは飽き足らず、何でもいいから収集して、たい焼きまで始めた。それが銀座名物なんて言われた時は嬉《うれ》しかったね」

「美寿々さんの成功譚《たん》、ぜひ聞きたいわ」

祖母に一番年齢の近い月子ママが微笑《ほほえ》んだ。

「月子ママだって、十分よくやっていると思うけどね。……アタシは生まれも育ちも銀座だ。だけど一度は嫁いでここを出た。……少しも覚えちゃいないが、アタシが幼い頃はまさに戦争の真っ最中だった。このあたりも空襲で散々だったらしいよ。泰明《たいめい》小学校の校庭は瓦礫《がれき》の山だったっていうからね。幸い生き残った両親も、荒廃した銀座で『ちぐさ雑貨店』をどうするかはかなり悩んだだろうよ。でも、それから銀座の商人たちは復興に尽力してね、アタシの両親も商売を続けることを決めたらしい。アタシに継がせるとか、そんなことまでは考えていなかった。あくまでも自分たちが生きていくための商売だったと思うんだ」

今の銀座しか知らない私には、空襲で荒廃した銀座などまったく想像できなかった。たとえ記憶になかったとしても、そんな時代を祖母は生きてきたのだ。

「アタシも年頃になって好きな男ができた。まぁ、それが散々な話でね。思い出したくもないからその話は勘弁してほしいね。そんなわけで、一度は嫁いだものの、生まれたばかりの珠子《たまこ》を連れてここに逃げ帰ったんだ」

「私、おじいちゃんは早くに亡くなったのかと勝手に思い込んでいたよ……」

ついポツリと言うと、横の月子ママがそっと顔を寄せてこっそり教えてくれた。

「散々浮気されたらしいわよ。ずいぶん移り気な相手だったみたいね。私も男にはしょっちゅう泣かされてきたから、そのたびに美寿々さんに慰めてもらったのよ」

「ダンナは迎えに来なかったけど、姑《しゅうとめ》が何度もここに来たよ。珠子をよこせってね。ふざけるなって怒鳴ってやった」

話したくないと言ったくせに、祖母はその時の怒りを思い出したのか、吐き捨てるように口にした。

「まぁ、そういうわけでアタシは一人で珠子を育てる決意をした。悔しいから、不自由な思いをさせることなく、立派に育ててやろうと思ったね。だから『ちぐさ』をやるしかなかった。ある意味では、そういう場所があって幸せだったんだ。でも、ホッとしたのも束《つか》の間《ま》のことで、両親ともに早死にしてしまった。一人になった時はさすがに途方に暮れたね。でも、がむしゃらにやるしかない。それに、何の変哲もない雑貨屋じゃ、この銀座で生き残れないと思った」

「そうかい？」

福助さんの問いに、祖母は頷《うなず》く。

「あの頃の『ちぐさ雑貨店』は日用品、つまり生活雑貨が中心だった。でも、その頃にはもう銀座は生活する場所じゃない。外から人が集まってくる街だろう？　それで名前も

『百貨店』と変えて、とにかく品揃《しなぞろ》えを増やしたんだ。親の代から付き合いのある商売仲間にもずいぶん協力してもらった。どこかが店を閉めると聞いて品物を引き取ったのもそういうわけさ。アタシが店にかかり切りだったから、珠子には寂しい思いをさせているという自覚もあって、ずいぶん悩みもしたね。絶対に不自由をさせないって決めたくせにダメな親だよ。そんな時に転機がきた」

「孝治くんだね」

葵くんがそっと口を挟んだ。

「そう。ちょうど珠子くらいの男の子が、和菓子屋から譲り受けた鯛《たい》の木型を見て、たい焼きが欲しいと言う。そりゃ、やるしかないと思ったね。いいアイディアだと思った。銀座は大人の街だと思い込んでいたけど、近くには小学校があるんだ。まぁ、その時は商売よりも、子どもが喜ぶ物っていうのが優先だったよ。それに、アタシは一度やるとなるといつだって全力だ。あの子をアッと言わせたい。そんなたい焼きができれば、珠子だって喜んでくれるに違いないからね」

いつの間にか祖母の口元は笑みを刻んでいる。

「それで、塩昆布を入れたのね」

「今みたいに、カスタードクリームだの抹茶餡だの、変わり種のたい焼きなんてなかったからね。何かよそとは違うものをやりたいと思った。それで、家にあったものを色々入れてみたんだ。塩昆布がちょうどいい塩梅《あんばい》だったんだよ」

「子どもの一言から、銀座名物のたい焼きが生まれたのか」

福助さんが唸《うな》った。「その子も今はいい大人だろうね。美寿々さん、その子、まだ通ってくるのかい」

祖母は一度視線を落とすと、入口のほうを見つめた。

「一年に一度、ずいぶん遠くから買いに来てくれるよ。大量に買って、重い箱を持って帰っていく。ありがたいことだね」

私も葵くんもつられたように入口に視線を送った。大鳥さんの後ろ姿に、小さな男の子の姿を重ねてみる。そんな想像をしてしまう。

「きっとたい焼きが名物にならなかったら、私も『ちぐさ』の上でお店をやっていなかったと思うわ。その子には感謝ね」

「月子ママはどうしてここの二階に決めたんですか？　こんなに古い建物なのに」

「そりゃ、美寿々さんがいたからよ。もともと私はすずらん通りのお店にいたの。常連さんがよく『ちぐさ』のたい焼きを差し入れしてくれたのよ。すっかり気に入っちゃって、自分でもここに通うようになったの。その時に、独立したいって話をポロッとしたのよね。そのうちに上を借りる話がまとまっちゃった。窓を開けておくと、いつも香ばしいにおいが漂ってくるんですもの。こんなスナック、他にないわよね」

月子ママが笑うと、祖母も苦笑いする。

「夜になると、カラオケの音が聞こえてくる。こんな雑貨屋も他にないね」

「だって、ここ、古くて壁が薄いもの。真冬は暖房を効かせてもお客さんが寒い寒いって言うのよ」

「ウチはそんな客、さっさとベロベロに酔わせちまいな」

「そんな悪どい商売していません」

可愛らしく頰を膨らませた月子ママは、とても七十歳とは思えない。

ああ、みんなこの街での仕事を楽しんでいるのだなと思う。

しかし、次の瞬間、月子ママは眉《まゆ》のあたりを曇らせた。

「もうこんなふうに美寿々さんとお話できないのね。寂しくなるわ」

「まぁ、まぁ。なにも『ちぐさ』がなくなるわけじゃない。これからは綺羅《きら》ちゃんと葵くんに頑張ってもらって、美寿々さんにはちょっとのんびりしてもらおうよ」

「そうね、二人がいれば安心よね」

福助さんは月子ママを慰める。

「綺羅は子どもの頃からそそっかしくてね。目が離せなかった。そのぶん葵がしっかりしているから、何とかなるだろうよ」

確かに私は頼りない。周りばかりを窺《うかが》っていて、自分に自信が持てない。葵くんもそういう点では不器用だけど、私よりもずっと頭がいいから、生きていく上での知恵がある。でも。

「私、そんなにそそっかしかった？」

よく品物に触れようとして怒られたけれど、これという失敗をした覚えはない。

祖母はまじまじと私を見た。

「覚えていないのも無理はないね。右の手のひらを見てごらん」

手のひらを広げると、横にいた月子ママも覗き込んだ。

「傷があるだろう」

「うん、ある」

それは知っていた。でも、いつ、どこでついた傷かは記憶にない。つまりはずっと昔についた傷ということ。中指の先、親指の付け根のふっくらした部分の二か所で、後者のほうはかなり大きい。でも、古傷だから今は周辺の肉に埋もれるような溝になっているだけで、どれほどの傷だったのか、痛かったのかどうかも覚えていない。

「あるわね」

「かなり深かったんじゃない？」

福助さんも私の手を取ってまじまじと見ている。

「この店でこしらえた傷だよ。まだ二歳くらいだったかね。まぁ、こんな店に連れてくる珠子も珠子だし、目を離したアタシも悪かったんだけどね」

「……そうなの？」

「アンタはいつもチョロチョロと落ち着きがなくってね。ちょうどそのベンチで珠子が抱いて昼寝をしていたんだ。目が覚めたら、珠子たちは先にマンションに帰るなんて話をしていた。でも、珠子まで眠ってしまったんだ」

「目を覚ました綺羅ちゃんが、お店を探検しちゃったのかい」

「子どもにとって、ここはおもちゃ箱みたいですものね」

祖母は福助さんと月子ママの言葉に頷くと、店の奥のキャビネットを指さした。

アンティークのカップなどが陳列され、引き出しの鍵《かぎ》を失《な》くしてしまった古いキャビネットだ。

「その頃は上にレースのクロスをかけて、ガラス製品を並べていたんだ。きっと棚の上のグラスがキラキラ光って見えたんだろうね。でも、綺羅の目線じゃ棚の上は見えない。クロスを掴《つか》んで、背伸びをしたんだろうよ。でも、クロスじゃ支えにならない。そのままスルリと抜けて、グラスごとガシャーン」

効果音が多い祖母の説明は十分にリアルだった。

「あらやだ」

月子ママが両手で口元を覆う。

「珠子も飛び起きたし、たい焼きを焼いていたアタシも暖簾の奥から飛び出したね。その時はまだよかったんだ。綺羅は尻《しり》もちをついてキョトンとしていた。何が起きたのか分からないくらいビックリしていたんだろうよ。でも、アタシたちが慌てて駆け寄ったものだから、綺羅まで慌てて立ち上がろうとしたんだ。まったく変なところで負けん気が強くてね。その時、床に手をついて割れたガラスがいくつも刺さったんだよ。そこからは大泣きだ。慌てて病院に連れて行って、もう大変だった」

葵くんの視線が痛い。最初にここに来た時、その歳で会社を辞めたのかとこんな目をされた気がする。でも、子どもだったのだから仕方ないじゃないか。

「なんか、すみませんでした。全然覚えていないけど」

私は謝ってから、まじまじと手のひらを眺めた。

大声で泣いたのか。二歳ならそりゃ泣くだろう。びっくりしたし、手は痛い。そして、幼いながらにショックだったはずだ。祖母の大切なものを壊してしまった。私なら、たとえ二歳でもそう思ったに違いない。

「それ以来、アタシは厳しく棚のものには触るなって言い聞かせてきた。本当はここに来ないのが一番なんだけど、どうしても来たがるって言うからね。そのうちに珠子は綺羅を一人で東京によこすようになって、自分は自分で山登りをしていたんだ。あの子も好き放題していたよ。ちょっと甘やかしすぎたかもしれないね。綺羅を夏休みの間ずっと預かるのは、正直言うと気が気ではなかった。三年生くらいになって、やっと安心できたかねえ」

「そんな怪我《けが》を見たらそうなるわよ。ちょっとでも危険な物から遠ざけたくなる。よく分かるわ。いくつになったって、かわいい孫娘を一人にしておくのは不安よ。葵くんがいてよかったじゃない。葵くんの実家はもんじゃ焼き屋さんだもの。焼くのは得意よね」

葵くんは真顔で深く頷いた。

「得意だし、俺《おれ》はそそっかしくないです。それにしても、おばあちゃん、過保護すぎるんじゃない？　綺羅さん、もう四十一歳になったんだよ？」

「まぁ、そういうもんだよ。頼んだよ、葵」

何となく私の立場がない。

「安心して熱海でのんびりしてよ。これまでおばあちゃんが一人でやっていた店を、俺と綺羅さん二人がかりなんてちょっと情けないけど、まぁ、そこは甘やかされて育った世代だということで大目にみてさ」

「月子ママも、福ちゃんも、今までありがとう。これからも『ちぐさ』を頼むよ」

「もちろんよ」

「美寿々さんもお元気で」

祖母が立ち上がって頭を下げると、全員が立ち上がって、祖母と抱擁を交わした。

福助さんと月子ママを見送り、最後は久しぶりに三人揃って店を出た。祖母は鯛の木型を何度も撫《な》でてから、自分でドアに鍵をかけた。その鍵を私に手渡す。

「アタシの鍵はアンタに預ける」

「うん。預かっておく」

明日は定休日だから、何か手伝うことがあればマンションに行くと言ったのだが、すべて父が来てやるからいいという。

父も大忙しだ。今夜のうちに蓼科《たてしな》を出発し、明日は早朝から家具の処分や、熱海に持っていく荷物の積み込み、マンションの退去にも立ち会ってくれるという。

熱海に着くのは遅い時間になるから、明日は温泉旅館に一泊するそうだ。慰労会だと祖母は笑ったが、婿養子と二人でどんな会話を交わし、どうお酒を酌み交わすのか想像もつかなかった。

「分かった。でも、落ち着いたら会いに行くから」

「俺も」

しかし、祖母はうんざりしたようにそっぽを向いた。

「来なくていいよ。一人でのんびりさせとくれ」

そのまま泰明小学校のほうへ歩き出した。今夜は葵くんとバスで帰ることになっている。私も祖母の後を追ったが、しばらくして葵くんがいないことに気が付いた。

振り返ると、葵くんが「ちぐさ」の前で立ち尽くしている。

「ちょっと、どうしたの」

戻った私はハッとした。なんと葵くんがボロボロと涙を流している。

「葵くん、いったいどうしたの。ねぇ、おばあちゃん。葵くんが大変！」

予想もしなかった葵くんの弱い姿にうろたえて、思わず祖母を呼んだ。祖母もステッキを突きながら戻ってきた。その姿を認めると、葵くんは身をかがめて小柄な祖母を抱きしめた。

「おばあちゃん、俺をここに置いてくれて、たい焼きを教えてくれて、ありがとう」

声が震えている。抱き付かれて驚いていた祖母も、しばらくして震えながら嗚咽《おえつ》する葵くんの背中にそっと手を回した。

「葵が来てくれて助かったよ。礼を言うのはアタシのほうだ。アンタもさ、色々と生きづらいとは思うけど、目の前のことを必死でやってりゃ、そのうちアタシみたいに転機がくるから頑張るんだよ。本当は正直に生きるのが一番なんだから」

「……うん」

実家の両親に、本当の気持ちを偽りつづける葵くんを唯一受け入れたのが「ちぐさ」だったのだ。そして、それは私にとっても同じ。

こうしていると、葵くんは実の孫以上に、本当の孫のようだった。

「私よりも葵くんのほうが、よっぽど本当の孫みたい……」

思わず呟《つぶや》くと、祖母はなおも葵くんの腕の中で小さく笑った。

「ああ。本当にこれまで頑張ってきてよかったよ。アンタたちのおかげだ」

ようやく落ち着いた葵くんは、恥ずかしそうにずっとうつむいたままだった。


祖母が熱海に行ってしまってから二か月近く経《た》った。

店内はどこか空虚に感じたけれど、私も葵くんもできるだけそれを意識しないよう、商売に励むことにしていた。実際に「ちぐさ」も忙しかった。

その間の季節のうつろいは目覚ましく、それぞれの通りを彩る街路樹は芽吹き、新入社員らしき初々しい顔ぶれがランチタイムの銀座に溢《あふ》れていた。

ご近所の小学校では卒業式があり、つい先日は入学式も行われた。時々外に出れば、可愛らしい子どもの声が響き、校庭では小さな姿が戯れている。

そして思うのだ。あんな小さな子どもが「たい焼きください」と訪れたら、どれだけ可愛らしかっただろうと。

そんな想像をめぐらしていると、店先で物音がした。お客さんかと思い、番台から下りてドアに向かった。珍しくお客さんがいない時間が続き、私も少し退屈していた。ドアを開けて、迎え入れるつもりだった。

しかし、外にいたのは葵くんだった。そういえば、二十分ほど前に「コーヒー豆を買ってくる」と中央《ちゆうおう》通りの喫茶店まで出かけていた。物音は、隣の建物との間に自転車を停《と》める音だったのだ。普段から暖簾の奥に籠《こも》っているから、出かけたことをすっかり忘れていた。

「おかえり」

「ただいま」

コーヒー豆の袋を抱えた葵くんが、落ち着かない様子で振り返る。さらには念入りにあたりを見回している。まさか誰かにつけられたわけでもないだろう。

「どうしたの」

「喫茶店で会いたくない人に会った」

「会いたくない人？」

「前の会社の上司」

「ああ……」

思わず私も呻《うめ》いた。

いつも買い物に行く喫茶店は、入ってすぐにコーヒー豆の棚があり、デザートのショーケースを隔てて客席になっている。入口から店内が見渡せ、逆に店内からも入口がよく見える。

こわばった葵くんの顔を見れば、よほど気まずかったことが分かる。

私だって辞めた会社の上司や同僚、後輩にすら会いたくない。たとえ送別会まで開いてもらった円満な退社だったとしても、やはり会いたくはないのだ。

なぜなら、彼らの日常は私がいなくなったところで変わらずに続いていて、抜けた私は何となく逃げ出した印象になる。私の場合はまさに逃げ出したのだけど、だからこそ、どこかでばったり出会えば、勝者と敗者のような関係になってしまう。

「特に変な辞め方をしたわけじゃないんでしょう。葵くんのことだから、ちゃんと計画的に、かつ理路整然とした理由で……」

「そりゃそうだけど、最後のほうはけっこうストレスで参っていたし、一度、仕事に疑問を持っちゃってからは、かなり追い詰められていた自覚がある」

葵くんは銀座に本社を構える大企業に就職したけれど、本当は別に「やりたいこと」があった。けれど、大病をした父親に心配をかけまいと、親が希望した進路へと進んだのだ。

「そうなの？　平然と仕事をしていそうだけど」

「そこまで器用じゃないよ。ただ、あの上司はやたらと面倒見がよくて、優しかったんだ……」

「ああ、そういうことか」

私とは逆の理由。やっぱり葵くんは真面目《まじめ》で、実際に仕事もできたのだろう。優秀だから目をかけられる。きっと有能な新入社員として期待されていたのだ。けれど、自分のやるべきことは何かと疑問を抱いてしまった葵くんにとっては、そこでの仕事はすべてが意味のないことに思えてしまった。

そんな時に立ち寄った「ちぐさ」で葵くんは祖母に出会い、熱中できることを見つけた。いわば「ちぐさ」でたい焼きを焼くことは、葵くんにとってのモラトリアムである。

「あの人、勝《かち》どきのタワマンに住んでいるんだよ。俺が入社する何年か前に奥さんと引っ越してきたって言っていた。俺の実家が月島《つきしま》だって知ったら興味津々で、ちょっと面倒だなって思ったんだ」

「実家がもんじゃ焼き屋さんだって教えたの？」

「そこは言わないようにした」

「賢明だったね。それで、会社を辞めた時の口実は？」

「親父《おやじ》が病気をしたから家業を手伝うって」

「うん、ギリギリでアウトかな」

「……だよね。俺の実家、そのまんま『もんじゃみなづき』だし……」

葵くんは床に沈み込みそうなほどに肩を落としている。

「絶対、あの人は休みのたびにあのあたりを散歩していると思うんだ。無駄にアクティブなタイプだし、変に下町通を気取っていたし。俺に目をかけていたのも、家が近所だからっていうのが大きいと思う」

「平日の昼間に、銀座でバッタリっていうのもね。相手はスーツで葵くんはTシャツにジーンズ。絶対に何しているんだって思うだろうね……」

「会ってしまったのは仕方ない。同じ銀座で働いていれば、いつかはこういうこともあるんじゃないかって少しは思っていたんだ。だから、できるだけ暖簾の奥に隠れるようにしていたのに」

「そうだったんだ」

やっぱり何かを偽って生きるのは苦労が絶えない。

「こうなったらもう祈るしかないよね。あの人が『もんじゃみなづき』に行きませんように。行ったとしても俺の実家だと気付きませんようにって」

「もしくは、気付いてもよけいなことを言いませんようにって」

「そう。それ」

開き直ったように葵くんは勢いよく頭を上げたが、再びがっくりと肩を落とした。

「そもそも、俺、実家がもんじゃ焼き屋だってことを会社の連中に言わなかったのがずっと後ろめたかったんだ……」

「どうして？」

「分からない。別に実家が商売やっていることも、もんじゃ焼き屋だってことも、それまでコンプレックスみたいに感じたことはなかったし、親父のことを尊敬していたくせに、あの会社に行ったら、それを言えなくなっていた。周りはみんないい大学出ているし、帰国子女も多いし、気後れしちゃったのかな」

「葵くんだっていい大学出ているじゃん」

「そうなんだけど、実家の商売を隠した自分が情けないんだ。あの会社にいたら、俺は嫌な風に変わっちゃうかもしれないって危機感を持った。もちろんみんないい人たちだったよ。ただ、上流の家庭で育ったっていうのがにじみ出ているんだ。豊かさゆえのおおらかさというか。だから、実家のことを言えなかったんだ。そういうことが色々重なって、ますます会社に行くのが苦しくなった」

「エリートコースには乗れないタイプか。もったいない」

「あくまで庶民でいたい」

「そういうところがおばあちゃんと合ったのかもね」

「俺もそう思う」

そこで葵くんはまた大きなため息をついた。

「ああ、でもやっぱり俺ってつくづくダメかも」

「どうして」

「考えてみれば、さっきだって、『ちぐさ』でたい焼きを焼いていますって正直に言えばよかったんだ。でも、今回もなぜか言えなかった。言っていれば、あの人が実家に行ったらどうしよう、なんてビクビクしなくても済んだのに。そもそも会社を辞める時に、たい焼き職人になりますって言う手もあったんだ。そういう変な見栄《みえ》を張っちゃうのって、やっぱり俺は大企業の呪《のろ》いに囚《とら》われているってことなのかな」

「『ちぐさ』は葵くんがいた会社に比べたら、あまりにも小さいからね」

「あ、ごめん。そういう意味じゃなくて、俺はいったい何にカッコつけているんだって、情けなくなっただけ」

葵くんは否定したが、どう考えてもそういうことだ。

ただ、葵くんに悪意がないのは確かなので、私も腹は立たない。

私は番台の後ろに回って、一冊の小さな冊子を取り出した。

「葵くん、それはちょっと違う」

差し出されたものを葵くんは受け取った。

「『銀座百点《ぎんざひやくてん》』だ」

そう、銀座百店会《ぎんざひやくてんかい》が発行している冊子だ。加盟店が紹介されているだけでなく、著名人のコラムや対談なども掲載されていて、読み物としてもなかなか面白い。巻末には百店会に加盟する店名がずらっと並んでいる。もちろん「ちぐさ百貨店」もある。

昨日の昼間、ちょっと抜け出してコーヒーを飲んだ並木《なみき》通りのカフェに置いてあった。

そこもやっぱり百店会のお店だ。

「ほら、ここ。ちゃんと『たい焼き・雑貨　銀座ちぐさ百貨店』って出ているでしょ。私たち、誇れる仕事をしているんだよ」

葵くんの横から冊子を覗き込み、「ちぐさ」の部分を指で示す。

「うん」

「自信を持って、『ちぐさ』でたい焼きを焼いていますって言えばいいよ。私だって、まだまだおばあちゃんに敵《かな》わないけど、こうやって自覚を持とうと努力しているんだから」

「そうだよね。うん、綺羅さんの言う通りだ」

「もしかして、私たちに足りないのは自信なのかもね。おばあちゃんみたいな強さがあれば、世の中はずっと生きやすいのになぁって思う」

「俺もいつかは両親に本当のことを言わなきゃって思っているよ。たとえ大企業の会社員じゃなくても、『ちぐさ』でたい焼きを焼いているなら大丈夫だって、思ってもらえるようにすればいいんだ」

「そういうこと。それなら、いずれ葵くんが自分の店をやる時も、ご両親は受け入れやすいんじゃない？」

じっと冊子を見ていた葵くんが「あっ」と声を上げた。

「綺羅さん、百店会って言うけど、これ、実際には百以上の店が載っているよ」

「数えたの？」

「数えた」

思わず吹きだした。

「実は私も数えた。そうなの、百以上ある。きっと百っていうのは、たくさんの店の象徴的な数字だったんじゃない？　最初は百もなくて、それを目標にしていたらいつしか超えちゃった、みたいな。これ、私の推測」

葵くんも笑う。「またいい加減なことを言って」

「でも、これだけお店がある中の百店だからね。しかも銀座。改めて考えてみると、つくづくすごいことだよね」

そう。銀座だ。私は幼い頃からずっと、祖母が銀座にいることが誇りだったのだ。


その翌日、私は番台に座って、ぼんやりと店内を眺めていた。

左右と背後を建物に囲まれ、入口側も軒先にディスプレイスペースを取っている「ちぐさ」に窓はなく、昼も夜もなくいくつものランプの明かりだけが店内を照らしている。けれど、雨の日はしっとりと空気が湿っていて、何となく外の天気を感じることができる。

今日は夕方からは雨の予報で、あまり売上は見込めそうもない。

さっきまで順調に売れていたたい焼きも今は客足が止まり、葵くんは台所に籠って小豆を煮ている。

使っているのは、北海道は十勝《とかち》産の小豆。ほんわりとした豆の香りが漂ってきて、ほどよい温度と湿度に微睡《まどろ》みそうになる。

あやうく本当に眠りそうになり、私はいけないと勢いよく頭を上げた。

自然と正面の棚が視界に入る。そこに置かれた品物を見て、私の気持ちは今日の天気のようにどんよりとする。

祖母がいなくなり、仕入れ先などは引き継いだけれど、私は少しずつ自分が選んだ品物も増やしていきたいと考えていた。

でも、つくづく思うのは祖母のセンスの良さだ。目利きとでもいうのか、不思議とお客さんの目に留まる品物を置いていた。

何十年も「ちぐさ」の顔だった祖母がいなくなったせいもあるが、最近の売上はほとんどたい焼きだ。それでちょっと私は落ち込んでいた。

昨日は葵くんの前で威勢のいいことを言ったけれど、雑貨が売れなくては話にならない。

正面の棚に置かれているのはスノードームである。四月だというのに、透明な球体の中に雪景色の教会を閉じ込めたスノードームがひとつ。ハッキリ言って売れ残りだ。

私が「ちぐさ」に来て、最初に仕入れた品物がスノードームだった。

ちょうどクリスマスシーズンだったということもあって、祖母から与えられた棚の一角に並べたのだ。祖母も「かわいいね」と言ってくれて、ホッとしたのを覚えている。

仕入れは前の会社の時に摑《つか》んだ人脈を頼った。あの時、私は本場の物にこだわりすぎて失敗した。西欧の暮らしを日本へ。勝手にそんなテーマを考えていた。冬となればクリスマス。クリスマスマーケットの光景を思い浮かべて陶然とし、スノードームならばウィーンのパージー社の物だと思った。ドームを満たす水はアルプスの水で、舞い散る雪片の美しさにも定評がある。

でも、小ぶりなドームの中で舞う粉雪をうっとりと眺めていたのは私だけだった。表参《おもてさん》道《どう》のあの店では、もっと派手なディスプレイやパーティーグッズばかりが売れた。だからこそ「ちぐさ」でなら、と思ったのだ。

私が選んだのはすべて小ぶりのサイズで、棚に並べるとわりとすぐにお客さんが関心を示してくれた。人気があるのは、ドームの中にサンタクロースやスノーマン、クリスマスツリーを閉じ込めたタイプだった。中には「パージーだ」と言ってくれるお客さんもいて、やっぱり銀座のお客さんはお目が高いと嬉しくなった。

そして、最後に残ったのが目の前のひとつ。

雪景色の教会というモティーフは、サンタさんやスノーマンに比べて地味だったのかもしれない。でも、私はこれが一番気に入っていて、真っ先に売れるのではないかと思っていた。だから落ち込んでいるのだ。

すっかり当てが外れ、いつまでも棚に残ったスノードームを見るたびに不安になった。相談すべき祖母はもういない。無意識にため息が漏れる。

そんな時、私はいつもパンツのポケットを押さえる。固い手触りを確かめ、ほっと息を漏らす。祖母が熱海に行ってから、私は子どもの頃にもらった猫目石《ねこめいし》をお守り代わりに身に付けるようになった。祖母の瞳《ひとみ》によく似た石が、私を見守ってくれるような気がするからだ。

しばらく布越しに石の手触りを確かめていた私は、あることを思いついた。サユミさんに頼んで、アクセサリーにしてもらったらどうだろう。

サユミさんは天然石を使ったアクセサリーを手掛けていて、「ちぐさ」の棚にもその作品を並べている。急な思い付きに、私の心は浮き立った。

早速デザインを考えようと、彼女の作品が並ぶ棚に向かう。

ポケットから石を取り出し、サユミさんのものに当ててみる。

ペンダントにピアス、リングにブローチ。さりげなく身に付けるには、やっぱりペンダントだろうか。いくつも並んだデザインから、もっともシンプルなものを選んで、首元に当ててみようとした、その時だ。

「あっ」

うっかり手を滑らせてしまい、猫目石が床に落ちた。そのまま通路の先まで転がっていく。

「ちょっと、待って」

私は見失うまいと必死に追いかけた。石はキャビネットにぶつかって勢いを弱め、そのままキャビネットと棚の隙間《すきま》に入り込んでしまった。

「嘘《うそ》でしょ」

よりによってこのキャビネット。下の段の引き出しは、鍵を失くしてしまって開けることができない。ヴィンテージ風のどっしりしたキャビネットは、このままではとても動かすことなどできそうもない。その上、私が幼い頃に上に置かれたグラスを落としてケガをしたとなれば、間違いなくいわくつきのキャビネットである。

「最悪だ……」

とにかく、何としても大切な猫目石を救出しなくてはならない。形はいびつでも、私にとっては宝物なのだ。

私は床に両膝をつき、這《は》いつくばる形でキャビネットと棚の隙間を覗き込んだ。

何も見えない。ただでさえ薄暗い店内だから隙間は真《ま》っ暗闇《くらやみ》である。

そこで思いついた。

何か長い棒でも突っ込めば、掻きだすことができるのではないか。

相変わらずお客さんの気配はなく、さえない天気に感謝しながら、番台まで戻った私は、物入れからはたきを取り出してキャビネットの前に戻った。

お洒落《しやれ》な羽根のはたきではなく、竹の柄の先にピンクのナイロンのヒラヒラが付いた昔ながらのはたきだ。竹の柄は細く長い。本来の用途とは違うけれど、隙間に落ちた石を掻きだすには、これほど適した物はないように思われた。

まずは合わせた両手のひらの間にはたきを挟んで祈った。まるで御幣《ごへい》を持つ巫女《みこ》さんのように。四十一にもなって何をやっているんだと思いながら、再び床に膝をつく。

ゆっくりとはたきを差し込み、壁に突き当たることを確認する。そのまま床に押し付けるように棚のほうまで滑らせた。棚と接する部分は要注意。奥と手前にはキャビネットの足がある。その足をなぞるように、ちょっと前後に動かしてから、ゆっくりと引き出していく。

もちろんスムーズではなかった。キャビネットの下までは掃除が行き届いておらず、床の滑りが悪い。時折感じた抵抗は埃《ほこり》の塊だろうか。虫の死骸《しがい》なんかもからめとられていたら嫌だなと思いながら、ゆっくり、ゆっくりと引き出した。

恐る恐る柄を上に持ち上げ、すっかり埃まみれになったピンクのナイロンにからめとられたものを慎重に観察する。

「あ」

埃まみれの細長い金属片が出てきた。鍵だ。このキャビネットの引き出しの鍵だろうか。

祖母は引き出しを開けようとして、うっかり鍵を落としてしまい、そのまま拾うことを諦《あきら》めたのだろうか。

思いがけぬ発見に何やら胸が高鳴った。絡まった鍵をはたきからはずし、塊になった埃の中に、肝心の猫目石を見つけてホッと胸を撫でおろす。きっとこの鍵が埃の塊を掻きだすのに一役買ってくれたに違いない。

「やった！」

石を握りしめて飛び起きた私は歓声を上げた。

とりあえず埃まみれの手と猫目石、ついでに鍵も洗おうと、番台の後ろの洗面所に向かった。

思わぬ失くしものまで見つけてしまい、おまけに普段は怠りがちな床の掃除までしてしまったのだ。それにしても、この埃の厚さ。いったいどれくらい掃除をしていないのだろう。普段は通路の床をメインに掃除をし、棚の下までモップをかけない自分を反省した。

せっかくなので、キャビネットの下にも届く範囲でモップを差し込んで掃除をしていると、暖簾の奥の台所から葵くんが出てきた。

「あ、葵くん。餡は順調に炊けた？」

「いつも通り。お客さんこないなぁ」

「雨も降ってきたしね。今、手は空いている？」

「うん」

私は掃除用具を片付けると、番台の上に置いていた鍵を葵くんに見せた。

「なに、それ」

「見つけちゃった。たぶんそこのキャビネットのだと思う」

葵くんがハッと目を見開いた。「どこにあったの」

「キャビネットの下」

「どうしてそんな場所で見つけたの？」

ポケットから猫目石を出して手のひらに載せた。

「これ、ずっと昔におばあちゃんにもらったの。おばあちゃんの目に似ていない？」

「おばあちゃん、すごく澄んだ目をしていたよね」

「そう。綺麗《きれい》で、ずっと羨《うらや》ましかった。この石は売り物だったんだ。おばあちゃんの目みたいだなぁっていつも眺めていたら、おばあちゃんがくれたの」

「じゃあ、宝物だね」

「そうなの。でも、失くしちゃったら困るから、サユミさんに頼んでペンダントにしてもらおうと思ったの。それでデザインを考えていたら……」

「落とした」

いつもの葵くんの白い目。私は苦笑する。

「そう。そこのキャビネットと棚の間に入っちゃって、はたきを突っ込んで何とか救出に成功したってわけよ」

「本当にそそっかしいな。それに、店がヒマだとロクなことをしない……」

「うるさいな。でも失くした鍵が見つかったんだからいいじゃない。ねぇ、ちょっと開けてみようよ。葵くんも中身、知らないんでしょう?」

キャビネットをまじまじと眺めていた葵くんは、「開けよう」と頷いた。

「俺が来た時にはもう開かずの引き出しだったからね」

私たちはキャビネットの前にしゃがみ込んだ。

「何が出てくるんだろ」

「鍵を落としてもほったらかしだったんだから、期待しないほうがいいよね」

「おばあちゃんのことだから、すごい物、隠しているかもよ」

葵くんの言葉につい期待してしまう。アンティークのカップでも出てくれば言うことなしだ。でも、ずっと閉ざされていた引き出しだと思うと少し怖い。母の遺品のことも頭をかすめる。

鍵を小さな鍵穴にゆっくり差し込んだ。二人ともなぜか息を詰めている。

手ごたえがあって、鍵が開くにぶい音がした。

「開けるよ?」

横の葵くんを見る。

「うん」

そろりと金属製の取っ手を引く。重い。とても重い。いったい何が入っているのか。

「すっごく重いんだけど」

「代わろうか」

「大丈夫。一気にいくよ、せーの」

力を込めて引き出す。

引き出しの中には色々なものが詰め込まれ、上から油紙が被《かぶ》せられていた。それを押さえるように、引き出しに対して斜めに置かれたものを見て、ハッと息を呑《の》んだ。

「……ガラクタばかりみたいだね」

私の横で引き出しの中を覗き込んでいた葵くんは、期待が外れたように呟いた。

「何か大切なものが隠されていると思ったけど、やっぱりおばあちゃんらしい。どこかから引き取った物かな」

葵くんが立ち上がっても、私はじっと引き出しの中を見つめていた。

上に置かれていたのはピッケルだった。柄の部分は木製で、ヘッドの金属は錆《さび》が浮いている。これを私はよく知っていた。

実家にあった。実家の喫茶店の赤松の壁に飾ってあったのだ。父と母の共通の趣味は登山で、喫茶店には山を愛するお客さんも集まった。私が生まれてからは、二人はピッケルを使うような山には登らなくなり、すっかりディスプレイとなっていた。

私が動かないせいか、葵くんも私の横に突っ立ったまま、引き出しの中を覗いている。

「それ、ピッケルっていうんだっけ？　柄が木って今時珍しいんじゃない？　ヴィンテージっぽい」

「……見つけた、かも」

シャフトを握って持ってみた。引き出しの中も埃っぽく、重い。錆の浮いた金属製のヘッドを指先で撫でる。ざらついていて、冷たい。

「もしかして……」

そういえば、前に福助さんのバーで葵くんに話した。

どうして祖母を長い間避けていたのか。その発端となった物をようやく見つけたというのに、今は私の気持ちが追い付かない。この引き出しの中身は、すべて母が使っていた物なのだろうか。

「うん、そうかもしれない。母の遺品かも……」

「本当にあったんだ」

「……まだ分からない。ゆっくり中身を見てもいいかな」

「こっちも手が空いたし、手伝おうか？」

「大丈夫。葵くんは休憩でもしていて」

「じゃあ、何かあったら呼んで」

葵くんは、一人で引き出しの中身を確認したいという私の気持ちを察してくれたようだった。

「ありがとう」

葵くんが暖簾をくぐるのを見届け、もう一度引き出しを覗き込む。

間違いない。これは蓼科の実家から送られてきたものだ。祖母はここに隠していたのだ。

鍵はないと聞いた時から、何となく予感はあった。だって、他の場所も祖母のマンションもすべて探したから。すでに何も残っていない可能性も考えたけれど、あるとすれば絶対にここだと思っていた。

厳選した母の遺品を東京に送ったものの、祖母も捨てられなかったのだろうか。

だからここにしまい、いつかは私に渡そうと考えたのだろうか。

それなのに、鍵を失くしてしまった？　それとも、見せたくないからわざと鍵を隠した？　色んな考えが一度に押し寄せてきて、頭が混乱する。

ピッケルを目の前に掲げてみた。やっと会えた。喫茶店に飾られていた時は、単なる装飾品としか思わなかったのに、今は母そのもののように愛《いと》おしい。

ふいに、ほとんど何もなかったマンションの祖母の部屋を思い出した。

自分の物は何もかも処分したというのに、使う当てのない母の物は捨てなかった。捨てられなかったのだ。

ピッケルを膝に置き、床に置いた油紙の上に引き出しの中の物を出していく。

登山用のリュック。背中にはうっすらと汗の染みが残っていたけれど、汚いなどとは思わなかった。ああ、母は確かに生きていたのだと実感して涙が滲《にじ》んだ。

今ではあまり見かけない革製の登山靴。これだけでもずっしりと重く、つま先のほうが白いのは黴《かび》かもしれない。間違いなく実家のクローゼットから持ち出したものだ。

父は、今これを見たらどう思うだろうか。

次々と出てくる山の道具に、自然を愛して銀座を飛び出した母の好きだった物をよく理解していた祖母に感心した。これらの道具は、逆に言えば、祖母から母を奪った憎き道具でもあったはずだ。山岳部になど入らなければ、父と出会うこともなく、母はずっと東京にいたかもしれない。そうなれば、「ちぐさ」もまた違った形で続けることができたかもしれないのだ。そんな道具なのに、ここに大事にしまわれているのは、やはり母が大切にしたものだからだ。

「バカみたい」

思わず呟く。自分の大切な物は処分してしまったくせに。

そして、私もバカみたいだ。

祖母は、こんなにも母の物を大切にしまっていたというのに。

私たちは、十八年を無駄にしてしまったのだ。

シュラフ、コッヘル、アイゼン、雨具。その他、私の知らない細々とした道具をあらかた引き出しから取り出す。祖母は登山道具など知らないだろうに、母が使った物だからという理由だけで、ここにひとつひとつ入れていった。

最後に出てきたのはアルバムだった。引き出しの底に、まるで敷かれるように入っていた。ずしりと重く、ページはすっかり黄ばんでしまっていた。

母の子どもの頃の写真かと思ったが、違った。

くっついたページを慎重にはがすと、私が生まれる以前の若い母と父の写真が出てきた。おそらく登山仲間との活動の記録だろう。両親は仲間たちと一緒に、どこかの山の山頂で笑っている。標高が記された杭《くい》の文字は読み取れないが、写真の下には「八ヶ《やつ》岳連峰赤《たけれんぽうあか》岳《だけ》」と記されていた。まさに私の故郷の山であり、母が命を落とした山だ。

山小屋での自炊の風景だとか、時にはキャンプの写真もある。もちろん今流行《はや》りのオートキャンプではない。テントを背負って山に登ったのだ。

私も何度か連れられて登山をしたことがあるし、地元の学校行事で山に登ることもあったけれど、集団で登るのも、歩きつづけるのも性に合わなかった。それが嫌だから、夏休みになるとすぐに東京の祖母のところへ出かけていた。

山の写真は続いている。横岳《よこだけ》、硫黄岳《いおうだけ》、天狗岳《てんぐだけ》、蓼科山。地元の聞き慣れた山の名前ばかり。あの土地が本当に好きだったことが分かる。

写真に写っている顔ぶれはどれもだいたい同じだった。相当仲のよい山仲間だったのだ。まだ結婚する前なのか、結婚して間もない頃なのかは分からない。両親は若く、どの写真でも笑っていた。

しばらくページをめくると、ようやく見慣れた光景が登場した。実家の喫茶店だ。雪景色の外観と真新しい内観。念願の開店とある。開店祝いに仲間が集まってくれた時の写真のようだ。

その中の一枚に、大人たちに囲まれた赤ん坊が写っていた。

もしや、私だろうか。

よくよく眺め、違うようだと思った。

次の写真では、両親ではない夫婦が赤ん坊を抱いて頬ずりしていた。「宮越《みやこし》さん第一子誕生」とある。喫茶店の開店と、友人の子どものお披露目を兼ねてのお祝いだったらしい。写真では男の子か女の子か分からないが、丸々とした黒目が大きくて印象的だ。

そのあたりから山の写真がなくなった。仲間に子どもが生まれ、それまでのように出かけられなくなったのだろう。

そこからは両親の写真が続いていた。二人に抱かれた子どもは今度こそ私に違いない。

写真はそれまでのモノクロからカラーになり、しばらく私の写真ばかりが続いていた。ピンクのベビー服を着て、まん丸の大きな目で母を見上げている。湖のほとりで、父に抱かれた写真もある。両親の生活はまさに私が中心。改めてそれを感じ取り、胸が熱くなる。

しかし、そこで唐突に違和感を覚えた。

何だか、妙な感じがする。

それを確かめようと、アルバムの数ページ前に戻った。

生まれたばかりの私の写真がない。

両親に抱かれた子どもの顔に既視感がある。

黒目の大きな、赤ん坊の頃の私。

でも、ここに写っている黒目が印象的な子どもは、「宮越さん」の子どもではないのか。

私の写真が中心になると、山の仲間は一度も登場しなくなっていた。もちろんあれだけ頻繁に登場していた「宮越さん」もだ。

私が保育園に上がるまでの写真を収め、アルバムは終わっていた。それ以降の写真は、私の成長記録として別のアルバムに収められ、今も実家にあるはずだ。

なんだか、嫌な感じがした。

「宮越さん」はいったいどうしてしまったのか。

両親たちの間にいったい何があったのか。

これまで信じてきたものが、すべて覆るような、とてつもなく嫌な予感がする。

その予感と疑念が混じり合って、呼吸が浅くなる。

しゃがみ込んだままの足が痺《しび》れてきて、立ち上がると眩暈《めまい》がした。

番台の後ろの鳩《はと》時計を見ると、だいぶ時間が経っていた。

アルバム以外のものを急いで引き出しに片付け、元通りに鍵をかける。お客さんがこなくて助かったと思った。

アルバムを抱えて番台に戻る。もう一度眺めて、よく考えてみようと思ったのだ。

番台に座り、膝の上にアルバムを開いたとたん、何かがスルリとすべり落ちた。後ろのほうに整理されていない写真が挟まっていたらしい。数枚の写真と一緒に、一通の封筒を拾う。宛名《あてな》を見る。もう何もかも疑いたい気分だった。

宛名は千種《ちぐさ》珠子。母への手紙で、差出人は千種美寿々、祖母だった。

開封された封筒から便箋《びんせん》を引き抜く。

人の手紙を読むのは気が引けるけれど、読まないという選択肢はなかった。

読まなくても、答えが分かっている気がした。だって、どう見ても私は祖母にも母にも似ていなかった。二人とも綺麗に澄んだ茶色い目をしているのに、私だけ真っ黒な目。子どもの頃から、ずっとそれが悲しかった。

それでも、何かの救いを求めるように便箋を開く。

黄ばんだ和紙に綴《つづ》られた祖母の癖のある筆跡を、息を殺すようにしてたどる。

三度ほど読み返し、私は顔を上げた。いつの間にか涙が頬を伝っていた。

「ちぐさ」の店内を番台から見渡す。見慣れた景色が、まったく違うもののように感じられた。信じてきた世界がぐるりと裏返しになったような感覚だった。

でも、「ちぐさ」は私のものだ。祖母は、紛れもなく私と葵くんに「ちぐさ」を託したのだ。

ぐいっと手の甲で涙をぬぐい、手紙はアルバムに挟んで番台の下にしまった。

いつの間にか雨は土砂降りとなっていて、暖簾の奥からすでにスーツに着替えた葵くんが出てきた。とっくに閉店時間を過ぎていた。

私に代わって軒下の「たい焼き」の幟《のぼり》を店内に片付けてくれながら、「どう。引き出しの中、片付いた?」と訊《たず》ねた。

私は無理やり笑って頷いた。

「うん。お客さんが来ないから、はかどっちゃった」

「この雨だもんね。俺もシンク磨いた後、バー経営の蘊蓄《うんちく》本を一冊読み終わっちゃったよ」

この日の売上はサッパリだった。

翌朝。昨夜の雨を引きずって、早朝から都内には霧が立ち込めていた。

肌寒いと言っても冬の冷たさとは違う春の空気に湿気が混ざり、重苦しい朝だった。

ほとんど眠れなかったせいか、頭がすっきりしない。

掃除を終え、番台に座っていると葵くんがお茶を淹《い》れてきてくれた。

「どうかした？」

「なんでもない……ってわけでもないけど……」

話を聞いてほしいけれど、十歳も年下の葵くんに相談するのも違う気がする。ましてや私が祖母の本当の孫ではないかもしれないなんて、今さら言えるわけがない。

話すべきは父か祖母。そうすれば間違いなく真相が分かるのに勇気がでない。

訝《いぶか》しげに見つめる葵くんに、「うそうそ。本当に何でもない」と笑ってごまかす。

「気分転換に外に出てきたら？　どうせ今日もヒマだよ」

「ありがとう。でも、雨が止《や》んだらにしようかな」

たぶん葵くんは気付いているだろう。昨夜、キャビネットの引き出しを開けてから私の様子がおかしいことに。

熱いお茶をすする。久しぶりにたい焼きでも食べようか、と思う。

たい焼きと「ちぐさ百貨店」は祖母と私の絆《きずな》だった。

幼い頃からなぜか、祖母のそばには私がいなくてはいけない、という妙な使命感があった。母は父と蓼科で暮らしていて、ここに戻る気がないと分かっていたからだろうか。

私は「ちぐさ」が大好きで、祖母のことも大好きだった。私がここに来るのは当然のことだった。「ちぐさ」はずっとこの場所にあり続けるのだと信じて疑わなかった。

あの使命感は、いったい何だったのだろう。

番台の下には昨日見つけたアルバムとキャビネットの鍵が置かれている。

そっと手を差し入れて触れてみる。

キャビネットの引き出しにあったピッケルが、母の物だと気付いた時は嬉しかった。ほとんど感動に近い喜びだった。今思うとその感情は、宝探しの獲物を見つけた時の喜びに近かった気がする。

でも、今はどこか苦い気持ちでいっぱいだった。

どうして鍵など見つけてしまったのだろう。

そして、もう一度考える。祖母は何のためにこれらを持ち出したのか。

アルバムや手紙は、間違いなく私の秘密を隠すためだろう。

私は自分の出自を疑ったことなどなかったし、疑う余地などなかった。当然のように私は千種綺羅で、だからこそ母が亡くなった後は祖母の振る舞いに激怒し、けれど今になって、祖母から「ちぐさ百貨店」を引き継いだ。それは私が祖母の孫だからだ。

でも、もしも私が母の遺品整理でもして、あのアルバムを見つけ、秘密を知ってしまえば、「ちぐさ」の後継者は誰もいなくなってしまう可能性だってあった。

祖母はそれを恐れたのではないか。「ちぐさ」を守るために。

バカらしい。そんなこと、あるはずがないではないか。

だって、私はずっと千種綺羅として、大切に育ててもらったのだから。

祖母も、アルバムなど捨ててしまえばよかったのだ。

遺品整理は間違いなくアルバムを持ち出すためのカモフラージュだ。だから、アルバムも、山の道具も、東京になど送らず、衣類や布団と一緒に、蓼科で業者に処分してもらえばよかった。すっぱりと潔く、何でも切り捨てるのが祖母だったのだから。

でも、アルバムも母が大切にした道具もここにある。

母の写真が、大事にした道具が、祖母にとっても大切だった。

驚いていることは確かだけど、不思議と私の心に揺らぎはない。

だって、今さらどうだというのだ。

私が祖母や両親と過ごした時間は間違いなく現実だ。それに、祖母は私を孫として、ここを託してくれた。第一、私が結婚でもして戸籍を見ればすぐに分かってしまうことなのに、慌ててアルバムを持ち出すなんて、あの時は祖母も相当動揺していたということなのだろうか。

「お母さん、いったいどういうことなんだろうね……」

小さく呟く。もしも今、このことについて誰かと話すことができるのなら、私がもっとも語りたい相手はすでにこの世にいない母だった。

私はアルバムを持って立ち上がった。引き出しに戻そうと思ったのだ。ただ、手紙だけは番台の下に差し込んだ。

事実を知ったけれど、私は何も変わらない。

きっと祖母も私にここを託した後は、私がキャビネットの引き出しを開けようが、開けまいが、どちらでもよかったのではないかと思う。私が「ちぐさ」を放《ほう》り出すはずはないと信じてくれている気がする。

だって、私は孫だから。四十一年も前から祖母は私を知っているから。

キャビネットの鍵を開け、一番上のピッケルをどかして、その下にアルバムを置く。

その時、唐突にドアが開いた。

「銀座のたい焼きっていうのはここで買えるんですか」

ギイッという音とともに男性の声がして、私は慌てて立ち上がった。

「いらっしゃいませ。はい、こちらです。どうぞ」

私は入口に駆けつけ、首を伸ばして覗き込んでいた中年男性を店内に導いた。

「ああ、よかった。どう見ても雑貨屋さんだから、間違えたかと思いました。銀座といってもこんな外れだし」

「もともとは雑貨だったんですよ。今ではたい焼きのほうがすっかり有名になっちゃっていますけど」

私の父と同じくらいの年代の男性だった。「銀座のたい焼き」の評判を聞いて訪れたようだ。

「たい焼きは何匹ご用意しましょうか」

「そうだなぁ。せっかく来たんだし、十匹いただこうかな」

「ありがとうございます」

お客さんの気配を感じて暖簾をめくった葵くんに十匹と伝え、お客さんを振り向いた。

「焼き上がるまで少しお時間を頂戴《ちょうだい》します。それまで店内をご覧になりますか」

「店員さん、それ……」

お客さんに言われて唖然《あぜん》とした。なんと、ずっとピッケルを握っていた。

「ごめんなさい。品物の整理をしていて、ついそのまま……」

こんなものを握った店員に迎えられて、さぞ恐ろしかったに違いない。

「いえ、お気になさらず。それより、ちょっと見せてください」

彼は笑いながら私に手を差し出した。優しいお客さんでよかった。

彼は受け取ったピッケルをまじまじと眺めている。

「ウッドシャフトはやっぱり味があるなぁ。ここは雑貨屋というよりも骨董屋《こっとうや》ですか」

「いえ、雑貨屋です。たまに古いものもありますけど」

「今のピッケルのシャフトは金属が主流です。ヴィンテージピッケルは観賞用として人気があるんですよ」

「そうなんですか」

どちらが客でどちらが店主か分からない。興奮した様子を見れば、彼もまた山に登るのか、もしくは登山用品やヴィンテージ雑貨の収集家かと想像できる。錆が浮いたブレード部分を確認した彼は、またも嬉しそうに言った。

「東京トップのピッケルですね。日本では札幌の門田《かどた》、東京ホープなんかが有名です。昔はスイスやフランスの物しかなかったんですけど、真似《まね》て立派な物を作るのがやっぱり日本の職人っぽいですよね」

ブレードの刻印には気付いていたが、登山道具は私の守備範囲外でメーカーなど知らない。

「……お詳しいですね」

「若い頃、ちょうど登山ブームだったんです。それに乗っただけですよ。今みたいに色んなスポーツや娯楽があったわけではありませんから」

彼は恥じらうように笑うと、私にピッケルを返した。

「こうして見るとカッコいいな。もう使わないからと、僕はずいぶん前に捨ててしまったんです。ピッケルを使う山なんてもう登れませんからね。ハイキング程度で十分です」

受け取ったピッケルのシャフト部分には彼の手の温《ぬく》もりが残っていた。木製のせいか、やわらかな温もりについ心がほぐれた。

「これは母の形見なんです」

「お母様の。へぇ、同世代かな。きっと大事にされていたんでしょう。刀は武士の魂、登山家の魂はピッケル、そんなふうに言われることもありますから。あの頃、僕にとっては道具であると同時に、誇りのようなものでもありました。自信を与えてくれるものなんですよ」

「そうなんですか。両親ともに山が好きで、結婚してからは蓼科で喫茶店をやっていました」

登山家の魂。間違いなく母もこのピッケルを大切にしていたのだろう。父の物と並べて飾ってあったのだから。

木製のシャフトを撫でてみた。木の種類は分からないが、色は長い年月を経て渋くくすみ、所々刻まれた傷もすっかり黒ずんでいて、全体的に何とも言えない深みがある。ずっしり重いヘッド部分を、母もしっかりと握っていたんだなと思うと、錆すらも愛しく思えてくる。

「……ありがとうございます。私、ピッケルのことなんて全然知らなくて、お話を聞けて良かったです」

「いいえ。知識にもならないようなお話でした」

彼は照れ笑いを浮かべた。人のよさそうな印象に気持ちが緩んだ。思えば、昨夜から心も体も張りつめていた。

「よろしければ、たい焼きが焼けるまでお掛けになりますか？」

私がベンチを示すと、彼は「お言葉に甘えて」と腰を下ろした。

暖簾の奥からはカタンカタンと型を返す音が聞こえ、香ばしいにおいが漂っている。

「いいにおいだ」

「ウチは餡も自家製、一匹ずつ丁寧に焼いているんですよ。この音は型をひっくり返す音です。焼きたては皮がパリッとして美味《おい》しいんです」

男性の口元が緩んだ。甘い物が好きなのかもしれない。

「そうだ、せっかくだから、焼きたてを一匹いただこうかな」

待ち切れないという様子はまるで子どものようだ。

「ありがとうございます。ぜひ。お茶かコーヒーとセットというのもありますけど」

「それはありがたい。じゃあ、お茶をお願いします」

「かしこまりました。ご用意します」

私は声をかけて暖簾をくぐった。

「葵くん、セット一丁、お茶でお願いします」

たい焼きを焼いている間は手が離せないから、私が葵くんの後ろでお湯を沸かす。狭い台所はギュウギュウだが、最近、葵くんは私が入ったからといって文句を言わなくなった。急須《きゅうす》に茶葉を入れて用意をすると、たい焼きとタイミングを合わせるために、後は葵くんに任せて売場に戻った。

お客さんは手持無沙汰《ぶさた》だったようで、ベンチに座ったまま棚の品物を眺めていた。彼の視線の先には、ちょうど私が片付けようか悩んでいたスノードームが置かれている。

「あれは飾りですか」

年配の彼はスノードームを知らなかったようだ。

「まぁ、飾りですね。クリスマス前に入荷したスノードームです。サンタさんや雪だるまが中に入ったものは売れてしまって、今残っているのはこれひとつだけです」

「スノードーム……」

「ええ」

雪を被ったモミの木を背景に立つ教会のスノードームを棚から取ると、彼の前で軽く振った。ふわっと白い粉雪がドームの内部に舞い上がり、規則性もなくゆらりゆらりと落ちてくる。男性は「おお」と声を上げた。

「なるほど、確かにスノードームだ」

彼は今度も、ピッケルを手にした時のように目を輝かせた。

「綺麗ですよね。私、雪の降る町で育ったせいか、昔からスノードームが大好きで、いつまで見ていても飽きないんです。小さな球体の中に閉じ込められた世界が懐かしくて……」

「僕もいいですか」

男性が手を伸ばしたので、スノードームを手渡す。

彼もドームを振って、再び舞い上がった雪片を模した白い粉に目を細めた。今度はさっきよりも強く手を動かす。ドームの中の雪片も激しく乱れる。

「おお、今度は猛吹雪だ」

面白がる様子に、私も嬉しくなった。

「本当ですね。思い出すなぁ。学校の登下校。吹雪の中、目を開けられない時もあったし、顔に吹き付ける雪の粒が痛くて泣きそうな時もありました。冷たいを通り越して、痛いんですよ」

「蓼科とおっしゃっていましたね」

「ええ」

「実は僕も寒い地方の出身です。豪雪地帯と言われる土地でした。そうそう、猛吹雪の日も学校に行きましたね」

「今思うと、小さい時にずいぶん過酷な経験をしたと思いますよね。だって、頑張って前へ進むしかない。そこで諦めたら凍死じゃないですか。まぁ、町中ですし、そんなことはないんでしょうけど、吹雪の日は外を出歩く人もいなくて、町が静かなんです。まるで世界に自分一人が放り出されたような気になって、その静けさが妙に怖かったんです」

彼は私の話を頷きながら聞いていた。

「……それなのに、不思議ですよね。今になってこんなに懐かしく思うんですから」

話しているうちに、私がなぜこれほどスノードームに心を惹《ひ》かれるのか、今さらながら気付く。

これは私の記憶だ。外の寒さも、帰りついた時の家の中のホッとする温かさも、すべてが狂おしいほどに懐かしい。故郷の思い出を重ねたスノードームを、その情景を知らない年下の上司にいくらアピールしたところで、私の熱意は伝わらなかったはずだ。

つくづく、私の求める品はかつての職場のコンセプトに合っていなかった。変な意地を張らず、もっと早くにここに来ていればよかったと身にしみて思う。

男性客は何度もスノードームを揺らしては、中の雪景色に見入っている。

まるでおもちゃに夢中になる子どものようだ。

「僕にも同じような記憶がありますよ。故郷で過ごしたより、東京に来てからの時間のほうがよっぽど長いのに、不思議と忘れないものなんですよね。そうです、容赦ないんですよ、雪国の冬って。僕の家は古い木造家屋でした。子どもの頃は一晩で一メートル近くも積もることがありましたから、夜中に家がきしむんです。ゾッとしましたね。一冬の間に親父は何度も屋根に上がって雪下ろしをしていました。頼まれると、よその家の屋根にも上って。冬は大忙しでした」

「まぁ。頼りにされていたんですね」

「一階なんてまるっきり雪に埋もれてしまって、昼間でも真っ暗でした。もう二十年も前ですけど、遠慮する親を説得して、無理やり実家を建て替えたんです。基礎部分を高くして、屋根も勾配《こうばい》のある自然落雪の家にしました。田舎は敷地だけは広いですからね」

「何よりの親孝行ですね。ご両親も喜んだでしょう」

「ええ……」

「お待たせしました」

暖簾から出てきた葵くんを見て、男性客は目を丸くした。

「おやおや、どんな方が焼いているのかと思ったら」

きっといかにも職人ふうの中年男性が焼いていると思っていたのだろう。

「どうぞ冷めないうちに」

葵くんはお盆をベンチに置くと、湯飲みにお茶を注いだ。

「や、これはどうも」

お客さんは持っていたスノードームを私に手渡して、「では、さっそく」とたい焼きに手を伸ばした。

「熱いですから気を付けて」

「おお、本当だ。焼きたてのたい焼きっていうのはこんなに熱いものなんですね」

そこでサクッ。

男性はしばし無言でたい焼きを咀嚼する。口元から白い湯気が漏れている。

「うん、確かにうまい。いや、これは美味しいです。銀座名物というのも頷ける」

「よかった。ありがとうございます」

「こりゃ、土産に選んで正解でした。実はね、これから田舎に帰るんです。親父がちょっと体調悪くて。もういい歳ですから。親父、酒も甘い物も両方、目がなくてね」

「ああ、雪下ろしのお父さん」

男性はふっと視線を落とした。

「……と言っても、血は繋《つな》がっていないんですけどね。本当の両親は僕が赤ん坊の頃に揃って亡くなってしまって、父親の姉夫婦が僕の育ての親です」

その言葉に心臓が跳ね上がる。昨夜、突然降りかかってきた疑念をなぞるようなお客さんの告白に、それを知った時に彼はどうしたのかと問い詰めたい気分だった。

「……そのことは、ご両親から？」

たい焼きのお腹《なか》のあたりを食べていた男性は「とんでもない」と右手を振った。

「兄と姉たちですよ。もともと育ての親には子どもが三人ありました。赤ん坊だった僕は覚えていなくても、突然弟がやってきたことを、兄や姉は覚えていますからね。別にいじめられたわけではありません。両親にも、兄と姉にも可愛がってもらいましたよ。それでも時々はケンカもします。小学校三年生くらいの頃かなぁ。ポロッとね、聞いちゃったんですよ『お前なんか、ウチの子じゃないくせに』って」

男性はお茶を一口飲んだ。

「それを聞いていた母親の慌てぶりがやけに気になってね、夜になって詰め寄ったんです。そしたら、両親揃って全部話してくれました。両親はね、朴訥《ぼくとつ》というか、本当に正直で善良な人たちなんです。兄や姉と変わらず、僕のことも可愛いと言ってくれましたけど、どうしてでしょう。僕のほうが変わってしまったんです。すごく居心地が悪くなってしまった。そのせいで両親も僕に気を遣うようになってね。結局、高校を卒業してすぐに実家を出ました」

「居づらかったんですか？」

「よく分かりません。でも、その時から自立したいと強く思うようになったのは確かですね」

「それで東京に……」

男性客は苦笑した。

「いきなりこっちに出てきても最初は苦労ばかりでしたよ。寮のある職場を探して必死に働きました。田舎者ですから、馴染《なじ》めなかったり、いじめられたりして悔しい思いをしてね。そんな時、思い出すのはやっぱり故郷のことでした。兄や姉たちと入った炬燵《こたつ》とか、母親が焼いた餅《もち》を取り合ったこととか、雪下ろしで屋根に上った親父の頼もしい背中とかね。僕も兄と一緒に手伝おうとして屋根に上りましたけど、全然手伝いにもなっていなかったな。親父は僕たちが落ちないようにてっぺんに座らせて、一人で黙々と雪を落としていました。その時の冷たい空気と、母親が家の中で用意してくれていた熱い風呂《ふろ》とお汁粉。そんなことばっかり思い出してね。一人でこっちに出てきて心細かったんでしょうねぇ。本当の家族じゃないのに」

「そんなことないと思いますよ」

思わず口に出す。彼の言葉は、まさしく昨夜私が繰り返し考えていたことだった。

しかし、彼は寂しげにため息をつく。

「世の中には知らないほうが幸せなことって、たくさんあるんですよね」

知らなければ、そのままでいられた。でも、本当にそうなのだろうか。

両親も、祖母も、私をずっと愛してくれた。それは間違いない。

彼はたい焼きをかじった。しばらく咀嚼し、飲みこむ。

「……それなのにね、母は度々、僕のところに色々と送ってくれました。ちゃんとご飯は食べているのかって、自分の畑で採れた野菜や果物、米、兄が就職した製菓会社の煎餅《せんべい》、インスタントラーメン、子どもの頃に好物だったチョコ菓子。そんなの東京でも買えるって物まで、段ボールにギュウギュウに詰めてあるんですよ。もう、ありがたいやら、申し訳ないやら……。自分は何をやっているんだって思いました。感謝しているのに、素直に『母さん、ありがとう』なんて言えないのがもどかしくて、僕は決意したんですよ。しっかり働いて、育ててもらった分の恩を返そうって。だからほとんど故郷に帰りもせず、こっちで働きつづけました」

「それでご実家の建て替えも」

彼は答えず、たい焼きの尻尾を口に入れた。

しばらくして、訝しげに眉を寄せる。

「あれ、なんだろう。この旨みは。何か入っているのかな？　何ですか、これ」

「ウチのたい焼きには、秘密があるんですよ」

暖簾の前に立って話を聞いていた葵くんが言った。十匹のたい焼きの入った箱を持って出てきたところ、つい彼の話に聞き入ってしまったようだ。

「秘密？　いったい何が入っていたんですか。餡と一緒にとろけてしまって分からない」

「知らないほうが幸せだと思いますか」

「俺、実はずっと家族を欺いてここでたい焼きを焼いています。両親は俺が会社で働いていると信じている。ずっとそう信じているほうが、両親は幸せだと思ってきました」

「……え、ああ」

事情を知らないお客さんはぽかんとしている。

「でも、最近考えるんです。欺いているほうが、両親を傷つけているのではないかって。……知りたいですよね。たい焼きの尻尾に何が入っていたのか」

「ああ。もちろん。教えてほしい」

「あ……、いや、知りたい」

「塩昆布です」

「塩昆布か」

「はい。熱々の餡の上に、一枚、塩昆布を載せる。そうすると熱で昆布が炊きたての佃煮《つくだに》のようになって餡になじみ、旨みも溶け出します。塩気がちょっとしたアクセントになって、最後に味を引き締めてくれる。俺の尊敬する師匠の発明です」

「そうか、そういうことだったのか。確かにどこかで知っている味だと思った」

「秘密を教えたかわりに、ちょっと俺の話を聞いてもらってもいいですか。生意気かもしれないですけど」

「もちろんだよ」

葵くんが自分からお客さんに話をするのは珍しい。許可を得るように私を見るので、力強く頷く。私も葵くんが何を話すのかが気になった。

「俺、思うんです。たぶん、お客さんは育ててくれたご両親に負い目を感じているんですよね。今とは時代が違うけれど、子どもを一人育てるのは大変なことです。心配事が増えるし、お金もかかる。ましてやそのご夫婦にはすでに三人もお子さんがいらっしゃったんですから」

「そうだ。だから、申し訳ないんだよ」

「だからこそ、愛情を注いでくれたご両親を素晴らしいと思えませんか。すでに三人も子どもがいるのに、他の兄弟と分け隔てなく愛してくれた。家を出た後も、何かと気にかけてくれた。実の子どもではないあなたを。そう考えれば、いっそうご両親の愛情に偽りはないと信じられると思いませんか」

男性客は慎重に頷いた。

「……ああ。確かにそうだね」

「何も知らなければ、親の愛情すら当たり前のことだと思って、これほど感謝をすることもなかったでしょう。真実を知ったからこそ、いっそう両親のことを素晴らしい人たちだと思えるのではないですか。きっとご両親にとっては、お客さんが知ろうが知るまいが、何も変わらなかったと思います」

「考えたこともなかったよ……」

茫然《ぼうぜん》と目を瞬《しばた》くお客さんに、私も伝えたいことがあった。

「私、血の繋がりよりも、過ごした時間が家族としての絆を育てるのではないかと思うんです。共通の思い出を持っているんですから」

昨夜から、私は考えて、考えて、自分を納得させようとした。

「……そうですね。そうかもしれない。両親は最初から隠そうなんて思っていなかったのかもしれない。戸籍にも記載されますし、隠しようがない。つまりは、あの頃は僕には知る機会もなかったし、両親には話す機会も、わざわざ話す必要もなかったってことです。ただそれだけだったんでしょうね」

わざわざ「お前とは血が繋がっていない」などと宣言する親がいたら、そもそも最初からその子に愛情を注いだりしないだろう。

彼の話を聞いて腑《ふ》に落ちるものがある。

「……僕に子どもが生まれた時、わざわざ二人で東京まで会いにきてくれたんですよ。あ、不思議だな。こうして話を聞いてもらったら、何だかすんなり納得できてしまう。僕も自分の子どもを見てつくづく思いました。赤ん坊はかわいいんです。無条件に愛情を注いで守ってやりたくなる。赤ん坊だった僕を引き取った両親も、きっと同じだったのでしょう。本当に、僕は何を一人でくだらないことばかり考えていたのだろう……」

私は彼の湯飲みにお茶を注ぎ足した。

「そういうのも、時間が経ってからでないと気付かないのかもしれませんね」

彼はお茶を一息に飲み干して立ち上がった。

「もう行きます」

「すっかりお引き止めしてしまって、申し訳ありませんでした」

彼は目を細めて首を振った。

「とんでもない。実はね、実家に帰るのも迷っていたんです。迷うというより、怖かった。親父、だいぶ前から調子が悪かったみたいなんですけど、本人も母も、兄姉たちもみんな僕には黙っていたんです。僕を煩わせたくないからって。でも、それもおかしいじゃないですか。今になって家族じゃないような扱いはないでしょう。だから怒っていた。たい焼きを待っている間も、やっぱりこのまま引き返そうか、なんて心の隅で考えていたんです」

「もしかして」

「そうです。尻尾ですよ。それとあなたたちの話。後悔するのも嫌ですから」

それから彼は思い出したように棚を指さした。

「そのスノードームもいただいていこうかな」

「スノードームも？」

「ええ。つくづく思いました。故郷の記憶からは逃れられません。まぎれもなく僕はあの町で、両親のもとで育った。今後、両親がいなくなれば僕と故郷の繋がりはどうなるか分からない。でも、そのドームの中の雪景色を見るたび、僕は故郷を思い出すでしょう。つまり家族を思い出す。あなたが聞かせてくれた吹雪の記憶が懐かしくてね。いつまでも忘れたくないなと思ったんです。まさか、たい焼きを買いにきて、こんな素敵なお土産まで手に入るとはね」

私は最後のスノードームを丁寧に包んで彼に手渡した。

「ここはたい焼きのある雑貨屋ですから」

「東京駅から新幹線に乗るんですか」

入口まで見送りに出たところで葵くんが訊いた。

「いえ。西銀座駐車場に車を停めています」

「では、車に戻ったら、たい焼きの箱はレジ袋から出しておいてください。温め直し方を書いたメモを一緒に入れておきました」

「ありがとう。車の中はきっとたい焼きのにおいでいっぱいだな。今度は、こっちの家族のために買いに来ます。こんなたい焼き、なかなかないからね。ぜひ僕の家族にも食べさせてやりたい」

「ありがとうございます。その時に故郷のお話、聞かせてください」

男性は少し笑った。

「そうですね。あなたもたまには故郷に帰ったほうがいい。今は雪解けのいい時期でしょう」

はっとした。

「お客様、春になった今だから、ご実家の方々は帰って来いと言ったんじゃないですか。だって、真冬は電車にしても車にしても大変じゃないですか。ましてや普段は雪の降らない東京で暮らしているんですもの。だから春になったらって。私、正直に言うと、寒い地方に生まれてよかったと思ったことがほとんどないんです。でも、春だけは違う。東京で感じる春と、雪国の春は全然違います。雪雲が晴れて、一気に世界が明るく感じられる。雪の下からわずかな緑が見えただけで大きな感動がある。モノクロの世界が急に色を取り戻す感じに似ています。ねぇ、同じ雪国の出身なら、そう思いませんか」

男性はしばらく茫然としたように私を見つめていた。

「あなた、いいことを言うね。ああ、確かにそうだ。そうかもしれない。雪が降る前に母親が庭先に植えた水仙やチューリップ、ヒヤシンス。急に思い出したよ。それらが、雪が解けるといっせいに咲くんだ。それは鮮やかにね。今、ちょうどその季節じゃないかな」

葵くんはキョトンとしている。たぶん、東京で生まれ育った彼にはこの感覚は分からないだろう。

「楽しみですね。では、お気をつけて」

「ああ。本当にありがとう」

戸口に向かった男性は振り向いた。

「そっちのお兄さんも、家族にちゃんと向き合いなさいよ」

「あ、ああ、はい」

しばし閉まったドアを見つめていた私たちは、どちらからともなく笑い出した。

「何だか、せわしないお客さんだったね」

「これから遠くまで帰るんだもん。そりゃ、バタバタするんじゃない」

「……ところで葵くん、さっきの話だけど、ご両親にとうとう打ち明けるの？」

葵くんは視線を逸らして、暖簾のほうを見た。

「いつかは」

「いきなり辞めちゃったら困るからね」

「違うよ。親に言っても心配させないくらいの店にしてからだよ」

「前もそんなこと言っていたね」

「ここってさ、おばあちゃんの努力と人柄で有名になったけど、売上的にはまだまだじゃない。だから、まずは誰が見てもすごいって思える店に成長させる」

「親を安心させるために？」

「綺羅さんの老後のためだよ」

葵くんが意地悪な笑みを浮かべた。

「そうしておけば、おばあちゃんもようやく安心できるだろうし」

かわいくないと思ったが、続く言葉に苦笑する。

「やっぱり葵くんは孝行息子だね」

「親不孝者だよ。でもさ、時々考えるんだ。もしかしたら、親はとっくに俺のことに気付いていているんじゃないかって。だけど、何も言わず好きなようにやらせてくれているのかもしれないって」

私はまじまじと葵くんの顔を見つめた。

「……どうだろう。でも、家族だしね。同じ家にいるんだもん、そうそう隠し事なんてできないのかもしれないね。一日たい焼きを焼いていれば、香ばしいにおいも染みつくし」

葵くんが吹き出す。

「……俺もそう考えちゃった。とにかく俺はたい焼きを焼くのが性に合っている。だから綺羅さんも頑張ってよ。せっかくスノードームも売れたんだし」

「やっぱり売れ残っているって思っていたんでしょう」

「だってもう春だもん。クリスマス向けに仕入れていたくせに」

「その通りです。ああ、よかった。ここに来てから私が初めて自信を持って仕入れた品だったから。これからは、少しずつおばあちゃんの棚に私が選んだ品物も加えていきたい。……でもね、葵くん」

私は番台の後ろへ回り、手紙を取り出そうとした。

でも、思いとどまる。

私が「ちぐさ百貨店」を任されたことは間違いない。

私がここを守っていく。葵くんもいる。私たちはもっと有名店にしようと意欲を燃やしている。

たぶん自分のためじゃない。自分以外の、自分のことを大切に思ってくれる誰かのため。何かをやり遂げて、安心してもらいたい。今、私たちの気持ちにあるのは、そっちのほうがずっと大きいのだ。そうしていれば、いずれ間違いなく自分のためになるだろう。それでいいのではないか。

「ねぇ、葵くん。さっきのお客さんとの話で思いついたんだけど、新しく花の種なんて仕入れたらどうかな。球根もいいね」

突然何を言い出すんだ、という目で葵くんが私を見ている。この表情にはもう慣れた。むしろ今ではこの表情を見ることが楽しい。

「こういうお店に来るお客さんって、自分の『好き』を大事にしていると思うの。こんな部屋に住みたい、こういう暮らしを送りたい、憧れのイメージを持つのって楽しいよね。

そういう楽しい気持ちでお客さんに買い物してもらいたい。だって、雑貨屋は昔からお客さんの暮らしのためにあるんだから。さすがに観葉植物は無理だけど、種くらいならいいよね？　部屋でちょっと植物を育てるのも素敵だなって思ってもらいたいな。種なんて安いものだし」

「いいんじゃない？　好きにすればいいっておばあちゃんも言っていたから。種なら場所もとらないし」

「でしょ？　私の実家のほうではね、雑貨屋にもスーパーにも絶対に種は売っていたよ。野菜と花の種。ああ、でも、そうしたら園芸用品も置きたくなっちゃうね。かわいいプランターくらいなら置けるかな。さすがに銀座生まれのおばあちゃんにこの発想はなかったよね」

「何、張り合ってんの」

「葵くんだって、おばあちゃんのたい焼きを越えようとしているくせに。知っているよ、餡の中に昆布以外のものを入れられないか、試していること」

「う」

葵くんは暖簾の奥で日々研究している。最初は、いずれ自分の夢をかなえるためにと、バーや喫茶店に関する本を読んでいると思っていた。

でも違った。「ちぐさ」でコーヒーを出すようになってからだろうか。知識をつけるだけじゃなく、色々と実践している。

台所の奥に積まれた、餡や和菓子の本もいつの間にか増えていた。祖母に教えられた以上のことを、葵くんはやろうとしている。やっぱり頭がいい子は違う。一流企業を辞め、ここでくすぶっているわけではない。ちゃんと目標を持って、ここで日々たい焼きを焼いているのだ。

それなのに、葵くんが言った。

「綺羅さん、何か見つけたんでしょう」

「え？」

「昨日のキャビネット」

「葵くんも見たじゃない。古い道具しか入っていなかったでしょ」

「おばあちゃん、前から言っていたよ。あのキャビネットにはとても大切なものが入っているって」

「そんなことを言っていたの？」

「大切なものって聞けば、絶対に高価な物だと思うよね。上にはアンティークのカップが飾ってあるし、鍵がかかっているのはあの引き出しだけだもん。そしたらおばあちゃんさ」

「おばあちゃんは何て」

思わず身を乗り出す。

葵くんは相変わらず淡々としている。淡々としているけれど、声はいつもよりもずっと温かい。それは気のせいではないと思う。

「家族の思い出だってさ。他人には価値のないものだから、鍵をかけてしまい込んだんだって」

家族の思い出。

これまでの祖母とは結びつかない。そんなこと、間違っても口にしないような人だった。何でも切り捨てて、だから何ものにもとらわれず、強く生きていた人だと思っていた。でも、それは違うと昨日から私は気付きはじめている。

「これ、言ったら綺羅さんは怒るかな」

「何？　言ってよ」

「俺、本当は鍵の場所、知っていたんだ」

ずしんと頭を殴られた気がした。

「いつから知っていたの」

「かなり前。俺がたい焼きを認められた頃におばあちゃんから聞いた」

「葵くんが鍵を拾おうとは思わなかったの？　おばあちゃんに言われたら、葵くんなら何でもやるでしょう」

「そのままにしておけって言われたんだ。その時だよ。おばあちゃん、自分には孫がいるって教えてくれたのは。いつかその孫が来たら、『ちぐさ』を任せるって言っていた。だから、綺羅さんが心配していたみたいなことはないよ。俺はバイトで、ここを継ぐのはおばあちゃんの孫。最初からそれは分かっていた」

「そうなの？」

「何度も言ったでしょ」

葵くんが笑う。

葵くんは祖母と六年間一緒に働いた。たい焼きをいつ認められたのか知らないけれど、その頃の私はまだ祖母のことを憎みつつも、その存在などほとんど忘れて、表参道で必死に働いていた。自分のことだけで精一杯だった。

「鍵を落としたのもわざと。もう開ける必要はないからって。もしも孫が来て、中身が気になったら、自分で鍵を探すしかない。この大きなおもちゃ箱の主になるなら、それくらいのことはやってもらわないと困るってね。綺羅さん、本当に鍵を見つけちゃったね。おばあちゃんが言う通り、そそっかしいせいで」

「葵くん、私、もうよく分からないんだけど」

私はこのおもちゃ箱のような「ちぐさ」の中で、本当に宝探しをしていたのだろうか。

「私、試されていたのかな」

何も知らないままでいるか、知ってもなお、祖母の「孫」でいるのか。つまり、「ちぐさ」をこの先も続けていくのか。

「俺にはおばあちゃんの考えなんて分からないよ。ただ、孫のことがよっぽど可愛いんだろうなっていうのは分かる。おかげで少し妬《や》いた」

「だから、葵くんもおばあちゃんって」

「おばあちゃんもそう呼べって言ったから。あの人も案外一人で寂しかったのかもしれないね」

私が十八年も放っておいたからだ。

「それにしても、あのピッケルがそんなに大事な思い出だったの？」

「それだけじゃないけど、色々詰まっていたよ」

「大切なものなんて、人それぞれだからね。『ちぐさ』のたい焼きの尻尾みたいに、外からじゃ何も分からない。みんなそれぞれ大切なものを持って生きている。自分以外には分からないから、時には言葉にして伝えないといけないんだよな……」

「私、葵くんを応援するよ。私もここで伸び伸びやるから」

周りの視線を気にすることなどないのだ。世の中を窮屈に感じる必要などない。

ここは私のお店なのだから。

そこでふと思い出して、番台からスマホを取る。

だし」

「葵くん、今度、熱海に行こうか。おばあちゃんもセカンドライフを楽しんでいるみたい
私は葵くんにスマホを向けた。海の見えるベランダで祖母が笑っている。

今朝届いたばかりの写真だ。まさに私が悶々《もんもん》としている時に、これが届いた。

「おばあちゃんとこんなやりとりしているの？」

葵くんが目を見開いて私からスマホを奪った。

「初めてだよ。いきなり送ってきたの。施設の温泉で珠の肌に磨きをかけているらしいよ」

「ホント、綺羅さんって可愛がられているよね」

今、私たちは本当の孫と祖母のような関係になった。ようやく、そうなれた気がする。

これからはこんな関係を続けていきたい。

「そうだ、葵くん。今夜、終わったら福助さんのお店に付き合ってよ」

「天気も悪いし、さっさと帰りたいんだけど」

「サユミさんにペンダントのデザインを相談したいの」

「クラブ里子《りこ》」のサユミさんは、たいてい十一時過ぎに来て、生ビールを一杯飲んで帰る。

昼は派遣社員、夜はクラブで働くサユミさんはとても多忙で、「ちぐさ」に置く品物の相談は、たいてい福助さんの店で顔を合わせた時に行っている。

でも、今回は個人的な依頼。私の猫目石をペンダントに加工してもらいたい。

「行くよ」

サユミさんと聞いて、葵くんは即答する。どうやらサユミさんに気があるらしい。

葵くんが可愛げを見せる相手は、祖母とサユミさんだけだ。

情けないけれど、まずは葵くんに「ちぐさ」の主人として認められなければと思う。四十一歳になったけれど、まさに新しいスタートなのだ。

「締めのビールのために頑張るか」

葵くんがベンチの上のお盆を持って暖簾の奥へと戻っていく。

私は自分の居場所である番台に座ると、しまっていた手紙を取り出した。古いアルバムに挟まっていた、あの手紙だ。

前略
お手紙読みました。珠子の迷いもよく分かります。
けれど、迷ったのなら、親友の子どもはあなたが育てなさい。雪崩に巻き込まれた車から奇跡的に助かったその子は間違いなく幸せにならねばなりません。
一度は子どもを諦めた珠子にとって、これほどの巡り合わせはないように思います。頼るべきもののない幼い命を、珠子と隆志《たかし》さんで施設に入るよりもずっと幸せな人生を送らせてあげなさい。子どもの存在はきっとあなたたち夫婦にとって幸せをもたらします。珠子を育てた私が言うのだから間違いありません。子どもはなによりの宝です。

宮越さんご夫婦が付けた綺羅という名前も素敵です。私は新雪が朝日を浴びてきらきらと光り輝く様子を思い浮かべました。雪の中から助け出された奇跡の子どもです。

珠子も子どもの頃からよく分かっているはずです。世の中に溢れるたくさんの物の中から、自分だけの宝物を見つけ出した時の喜びを。その気持ちで、綺羅を大切にしていけばいい。母からもお願いします。写真も見ました。黒曜石みたいな大きな目が可愛らしいですね。私も思いがけず孫を抱けるなんて夢のようです。近いうちに綺羅に会いに行きます。とにかく、珠子、迷いは捨てて幸せな家庭を築いてください。そのために私はどんな協力も惜しみません。

草々

母より

千種珠子様

何度読み直しても涙が溢れてくる。

私の知らない若い母に祖母が語り掛ける様子が頭に浮かぶ。
キャビネットを開けたことを、わざわざ祖母に伝える必要はないだろう。
手紙を封筒に戻し、代わりにスマホを取り出した。
今から私は祖母にメッセージを送る。
伝えたいことは色々ある。
最後のひとつのスノードームがようやく売れたこと。
祖母にもらった猫目石をサユミさんに頼んでペンダントにしてもらうこと。
そして、もうひとつ。
次の定休日に、葵くんと二人で会いに行くことを。

本書は、ハルキ文庫の書き下ろし作品です。

Haruki Bunko
ハルキ文庫

な 22-5

たい焼《や》き・雑貨《ざっか》 銀座《ぎんざ》ちぐさ百貨店《ひゃっかてん》

著者 長月天音《ながつきあまね》

2024年 10月18日第一刷発行
2024年 11月28日第四刷発行

発行者 角川春樹

発行所 株式会社角川春樹事務所
〒102-0074 東京都千代田区九段南2-1-30 イタリア文化会館

電話 03（3263）5247（編集）
03（3263）5881（営業）

印刷・製本 中央精版印刷株式会社

フォーマット・デザイン 芦澤泰偉
表紙イラストレーション 門坂 流

本書の無断複製（コピー、スキャン、デジタル化等）並びに無断複製物の譲渡及び配信は、著作権法上での例外を除き禁じられています。また、本書を代行業者等の第三者に依頼して複製する行為は、たとえ個人や家庭内の利用であっても一切認められておりません。
定価はカバーに表示してあります。落丁・乱丁はお取り替えいたします。

ISBN978-4-7584-4668-6 C0193 ©2024 Nagatsuki Amane Printed in Japan
http://www.kadokawaharuki.co.jp/［営業］
fanmail@kadokawaharuki.co.jp［編集］　ご意見・ご感想をお寄せください。